星辰书

蔡东 著

北京出版集团公司
北京十月文艺出版社

目录

Contents

她多享受和眷恋这普通的夜晚啊，平和的夜，熟睡的人，还有此刻不在眼前但她知道会站在那里的一棵树，楼门口种着的一棵夹竹桃，月光下几片深红的花瓣正缓缓飘落。

伶仃

黄昏的时候，卫巧蓉走进一片水杉林。通往树林深处的小路逐渐变细，青苔从树下蔓延到路边，她快步走过时，脚步带起了风，缕缕青色的烟从地面上升起，蜿蜒而上，越来越淡，越来越清瘦。她停下来，等烟散尽了才俯低身子凑近看，这些日子阳光好，苔藓干透了，粉末般松散地铺展着，细看起来如一层毛毛碎碎的绿雪，她小心喘着气，担心用力呼出一口气就会把它们吹扬起来。

刚出林子的一刹那，天空似乎亮了一下，像头顶响过一声短促清亮的口哨。接着，走上一条布满沙砾的小径，小径尽头就是马路了。街道，楼房，不远处的海岸，浸没在薄暮柔和的光线里，声响也似乎被夜晚悄悄吸附了，四周显得很寂静，是傍晚时分特有的暖金色的寂静。她身后，遥遥的地平线上的山丘只剩下含混的轮廓，挨着山体飘浮的云彩在暮色中显得格外白，她抬头看时，一朵云正翻过山头，翻到山的另一侧，消失不见了。

剧院伸向天空的几个尖角先露出来。很快，一个透明的多面体完整地出现在视线中。福海剧院到了。跟老家那座蚕茧形的剧院相比，她更喜欢福海剧院的外观。它就像由不同形状的巨大积木堆聚起来，一道道利落的几何线条，阴天的时候看起来平淡无奇，一有光线就活了：晴朗的天气里阳光穿过大块玻璃拼成的斜坡，透视出一个个宽敞开阔的空间，晚上灯一亮，如海边漂来一块熠熠闪光的宝石，每一个翻光面都粼粼地映着海水的波纹，从远处看过去，宝石像浮在水里，被晃荡着的水波抬起来，又放下去。走到剧院门口时她看看表，离开演还有半个小时，她照例绕到剧院后面，这里有一条木头栈道通往海滩。

海滩的西边是码头。三个月前她在轮渡买到船票，上了船，找了个靠窗的座位坐下。初春的海风从窗户缝里挤进来，像一蓬细细的针扎向她脸上的皮肤，她从背包里取出围巾，把头和脸裹起来。一直等到渡船靠岸，围巾也没摘下，她蒙着脸，踏上这个初看起来有些荒寂的小岛。那天，海上刮风，天上也在刮风，云彩纷乱，单薄的云身后拖曳着一条长尾巴，尾巴的末端已是丝丝缕缕的，像蘸着白颜料的毛笔在蓝天上疾扫而过。

演出快开始了，她推开后门，找到座位坐下，顶上的灯光正好变暗，舞台的帷幕向两侧徐徐拉开。过了一会儿，眼睛适应了厅里的黑暗，她伸着头四处看，在前几排中央的位置找到了徐季。接着观察徐季身旁的人，左边的男人跟徐季差不多年龄，右边是个高中生模样的女孩，他们没有东瞧西望，都专心地看着舞台。有经验的观众已经准备好了，她也把头转回来，望向舞台。

剧院不定期地上演话剧、音乐剧和演奏会。第一次来剧院的时候，她选择的也是最后一排的座位，整场演出她都盯着徐季，徐季也像今天一样脊背挺直，端坐在朱红色的软包座位上，即使只看见他的后背，她也不难想象出他的神情，一种沉入另一个世界的完全的平静。而她不明白台上的人在唱什么，为何流眼泪，怎么又拥抱在一起，从头到尾她的脖子都拧向徐季座位的方向，眼睛在徐季和徐季邻座的身上转来转去。一直到演员谢幕，徐季也没跟邻座的人有任何交流，他似乎还在静静地回味，演员转身走向后台了他才站起来鼓掌。大多数观众还待在座位附近，她低着头推开后门，顺着螺旋的楼梯往下走，来到门口时，她看到柱子上张贴的海报，原来这出剧的名字叫《吉屋出租》。海报上印着几位异国年轻人，相貌各异，表情都是生动和热烈的，眼睛睁得很大，满怀希望又带点天真地直视着海报外的世界，她站在海报正对面，他们就眼神热切地看着她，好像想对她说点什么。

此刻，她的视线离开徐季，转向正前方。舞台上空无一人，只有幽蓝色的灯光在说话，几秒钟后，乐声响起，泠泠的琴音，悠来荡去，她恍惚看见几杆枝叶稀疏的瘦竹，在空旷的庭院里摇动着，接着琴声变稠，如雨点密密层层地落下来，地上的雨水似越积越多，光一掠而过时照出一汪空明。琴声断绝的地方，更多的乐器走了进来，音量逐渐攀高，水流加快，太阳光轰泻而下，翻折的星空豁然打开，向着无限的虚空延伸，她呼吸急促起来，大水没过头顶，人快要窒息了，乐声终于冲至顶峰，渐次低回，末了只剩下几个零落的音符，像余烬中一闪即灭的火星，最终乐声全部隐去，突然降临的静谧中，一个绿色皮肤的女人出现在光束里。借着乍然一现的亮光，她忍不住把头转向徐季，光线勾画出他清晰的侧脸，脸上的表情跟她之前想象过的差不多。

全部演完总要两个钟头吧，她坐不住，也看不进去，一群小猴子在胸口乱窜，胳膊交叉在胸前也压不住它们。曾坚信不疑的事实，正变得越来越失去底气，虚弱得站立不稳。头脑中设想过无数遍的画面，即使每个细节都已被磨得发亮，也不会就此变成现实中真切的一幕。

再说，已经这样了，她是对是错又如何，不重要了。

舞台上几个人正围在一起说话，你一言我一语，声调很高，身披大氅的卷发女郎似乎说了一句幽默话，观众席上传来笑声，笑声夹杂着小猴子们奔跑杂沓的脚步声，耳边所有的声响，混合着她脑子里那个也许永不停歇的声音，让她感觉身体随时会从内部爆开，碎片四处飞溅。她摇摇头，欠身离开座位。

“巧蓉，下午出门吗？我跟老吴想去你那里坐一会儿。”吴太太站在树荫里，冲卫巧蓉喊道。

卫巧蓉刚从菜市场回来，手里拎着一个塑料袋，袋子口露出白萝卜的绿缨子，萝卜下面隐隐能看出是一条鱼和几块姜。“好呀，”她答应着，“来吧，来吧。”说着把口罩摘下来，连房东都能一眼认出自己，还自欺欺人地戴什么口罩。

“你们逛，我去买包洗衣粉。”她拐上一条小路，往小区西门方向走，那里有一家便民超市，一般的日用品都能买到。超市到了，她没进去，径直出了西门，又往前走了一里路，来到岛上的养老院。

上午阳光不毒的时候，护工会把椅子搬到平房的门口，让老人们出来晒太阳。她来这里是为了看看其中的一位老人。通常这老人坐在一排平房中间的位置，她跟别人不太一样，一般的老人坐一会儿就困了，头一点一点地打瞌睡，忽地醒来时一脸受了惊吓的模样，不打瞌睡时就不停地搓弄衣角，看起来难免有些愚蠢，而这位老人面前摆着小桌儿，桌上是一堆乐高积木的零件。

乐高老人太像她的母亲了。

有一次路过，不经意间瞥见老人，她马上被眼前这副面容钳在原地，惊骇之后，喜悦和感激迅速占了上风。一样的方脸形，相似的五官，甚至连五官被重力拉拽后的走向都是一致的，还有同样的用黑色发卡犁过的银发。那一刻她真希望乐高老人就是她母亲，母亲没有离世，只是换了一个地方生活，她不是好好的吗，还会玩乐高呢。

这会儿六月份了，有的老人头上依然戴着毛线帽子，抄着手坐在阳光里。乐高老人穿白色的亚麻长袖上衣，黑裤子，看上去清爽干净。前几次，她只是远远地望着乐高老人，也看不懂她在拼装什么，这次走近了看，老人手里摆弄的似乎是个摩托车。她弯下的身子在桌面投下阴影，老人抬起头，把老花镜往上推推，看了她一眼，她冲老人笑笑，老人也笑了，接着垂下头去，用手指捻动着一个转轴，说："你看，能动的，后面连着一个车轮子呢。"她也试着拨弄一下转轴，轮子转起来，老人笑得更开心了。她问："在这儿过得挺好吧？"老人不说话，拿起一个L形的小零件继续往车子上装。

临走的时候，她看到护工推着一个老人过来，轮椅上的老人像是刚刮完胡子理完发，这让他显得年轻了一些。她走过去跟护工搭话，打听乐高老人的情况。护工说："那位呀，也没什么大毛病，就是儿女没工夫伺候，送到了这里，隔几个星期过来瞅瞅她。"她问："老人家有什么特别爱吃的吗？"护工摆摆手："一口假牙，什么好吃的也吃不出滋味了。"

回去的路上她在超市买了东西，回到家里，东西随手往地下一丢，她习惯性地走进北屋，坐在窗前的椅子上往对面看。楼间距不大，窗户又都是落地的，不用望远镜，肉眼看对面就看得清清楚楚。她的目光扫过阳台、客厅、朝南的卧室，不见徐季的身影。也许他是出去了吧，她想。

下午听到敲门声，卫巧蓉知道是房东夫妇来了，心里也猜到他们为何而来。管他呢，反正她喜欢见到这两个人，至于换房的事情能拖就拖吧。

一看老吴手里拿着一兜儿瓜子，她悬着的心就放了下来。老吴一边嘴里说着"又来喝你的好茶了"，一边把瓜子倒进果盘里。吴太太也笑嘻嘻地靠着茶几坐下，一条白玉珠穿成的链子绕了两圈，钩在她纤长的中指上。

"哪有什么好茶。"卫巧蓉打开抽屉，往外拿杯子，手在冰裂纹的瓷杯上放一下又弹开来。她微微叹口气，为什么大老远地把这个瓷杯带过来，上面的裂纹会让她联想起自己现在的生活。

她取出几个玻璃杯，往每个杯子里放一大把茉莉花茶。她说茶叶不讲究不是谦虚，跟老吴夫妇比起来，她确实不懂喝茶，只是吃完饭嘴里觉得油腻时，泡杯茶解解腻而已。

老吴夫妇喜欢跟人交往，与邻居、房客都混得很熟。这之前，卫巧蓉并不习惯外人有事没事地造访，奇怪的是自来到岛上，也不觉得这种邻里日常的交际对自己构成打扰了。她寻思着，可能身处与陆地隔绝的小岛，人们很容易变得亲近起来，说起来岛屿也不大，起一场浓雾，这小岛就从世界上消失不见了。

老吴他俩待人亲切，态度始终是自然的，这有别于她过去的经验，微笑的同事，问长问短的亲友，热情的服务员，在某些时刻，她会在他们脸上捕捉到一闪而过的游离和厌倦，那种实际上对你不感兴趣的疏远，那种掩藏不住的对周围人事的漠然。

而且有他俩坐在身边讲故事说闲话，她会暂时忘记此行的任务，脑海里喋喋不休的声音也会逐渐减弱，直至听不见了。

“上次讲到养殖户的腿瘸了。”她提醒老吴。

老吴呷了一口茶，说：“对，瘸腿的养殖户还惦记着他的海参苗，没日没夜地在池子边守着，知道守着没用还是守着。养殖场就他一个人，他寂寞了就跟海参说话，念念有词，

‘你们别化了别跑了，好好长，长得肥肥大大的，过些日子咱们就能见面了。’这天晚上，海上刮来一阵阵凉风，温度总算降下来了，养殖户炒了几只螃蟹，打开一瓶白酒，对着大海坐下来，喝了几盅，越喝越烦。”

“他爱人呢，那个磨开面子去娘家借来钱的姑娘。”

“跑了。”老吴说。

卫巧蓉捏着一粒瓜子正往齿间送，听到这话她放下瓜子：“不对，怎么就跑了，这俩人轰轰烈烈的，多不容易才聚在一块儿，就这么散了？”

“散了。”老吴一语带过，似乎这没什么好说的。他接着讲：“养殖户跟海参说完悄悄话，又开始对着大海瞎想，精卫、哪吒、八仙这些人如今在哪儿呢，能出来一起喝杯酒就好了，哪怕钻出来一只海妖，他也愿意敬它三杯。”

吴太太端起茶杯递给他，笑着说：“你喝口茶吧。”

卫巧蓉很不情愿地往下听，心里还在想：那俩人为什么不能一直好下去呢？故事的主角是老吴年轻时候的一个朋友，她听了几个章回了，曲曲折折的，总不叫人如意，以为后面大致上就是养殖户跟他老婆通过养海产挣来了好日子，谁知道海参被热死一大半，老婆也走了。她耐着性子继续听，到这里好像就该分岔了，她也只能转个身，跟上去。

“养殖户自己喝着闷酒，偶尔抬头看看四周，哎，不远处的礁石上好像坐着一个人，他揉揉眼，似乎是个女人抱着膝盖坐在石头上，天黑也看不清楚。又过了一会儿再看过去，周围哪有什么人，海鸟都不知道藏到哪里去了，他吮着螃蟹腿，也许是刚才眼花了。”

老吴忽然压低声音，说：“他正想着，有只手拍拍他的肩膀，身后响起一个声音，你这里有孟婆汤吗？”

卫巧蓉的心噗噗乱跳，脸色变得煞白。吴太太赶忙说：“别怕别怕，听他乱讲呢。”

“怎么成了乱讲，你说我讲的对不对？”卫巧蓉看见老吴边辩解，边向太太眨着眼，夫妻俩脸上同时荡漾开笑意，笑意从嘴角漫到颧骨，最后笑的，是眼睛和眉毛。

毕竟世上也有这样的夫妻。卫巧蓉觉得宽慰。也许两个人一直待在小岛上，一辈子轻松平顺地过来了，没尝过多少疾苦，暮年时又赶上除了外星球哪儿都能开发的好时候，几套楼房在手，日子安闲舒心，也就更容易体会到一些细微柔软的情感。

“反正不是鬼啊魂啊，我猜是个女人吧。”卫巧蓉说。

老吴点点头，说：“是个一时想不开的女人。人活一世，坎坷是难免的，过不去的，跳海了，更多的人还是过了，人总有办法让自己生活下去。”

“还是你们两个好，一辈子没发过愁，没经过什么变故，这神仙般的逍遥日子。”说完她起身去厨房，打算再烧一壶水，身后传来珠子相撞的清脆声音，吴太太跟进来。

“老卫，还是那件事。你都这个年纪了，非要住四楼，有什么好的，每天爬上爬下累得呼哧呼哧的，二楼那套房子是小了点，你一个人住不也够了。”

一对学画画的学生情侣计划暑假来岛上住，说陆续还会来几拨朋友，嫌一房一厅的那套太小，老吴夫妇试着跟她提过，说她要愿意的话就帮她搬下去，房租还便宜不少呢。

她跟往常一样说考虑考虑，心里却清楚自己是不会换房的。刚来的时候，她在岛上的旅馆住着，来来回回找了几家中介，把小区的各种户型差不多摸透了，最后终于找到这套位置绝佳的房子，从北面的居室望过去就能望见对面住着的徐季。

吴太太看了一眼北居室，说：“你别嫌烦，我再唠叨一句，海边的房子潮湿，你最好把床挪回向阳的卧室里，让太阳多烘烘床铺，北面这间随便放点杂物，住人哪行呀。”

“住惯了，在老家也是住北房。”她怕这个话题再继续下去，就问，“还喝茶吗？”

老吴在外面说：“且听下回分解吧，你歇歇也该做晚饭了。”

送走房东夫妇，她坐在窗户前面，定睛看着对面的三楼。这两年，只要闲下来，过往的一些画面就像过电影一般在脑子里走，大风大雨，石子儿接连打在湖面上，涟漪一圈儿赶着一圈儿，她恨恨地数着一个个错误的选择，重新回到一个个不愉快的场景里，她翻箱倒柜，她披头散发，她会突然在窗玻璃或镜子里看到一张狰狞的脸，自己吓了自己一大跳，扭头转向窗外，月光苍白，月亮变老了。

她宁愿一动不动地看着对面，至少这个时候她还能感受到一丝平静。看着看着，天色暗下来了，对面楼上的灯渐次亮了。其中一盏灯下面晃动着徐季的身影，他来回走动了几次，然后坐在茶几前，边看电视边择菜。屋里再没有其他人了。

水泥地很凉。卫巧蓉先是觉出凉来，接着眼睛看见灰色的地面，才发现自己扑倒在楼梯台阶上。周围没有人，静得能听见自己的呼吸声，时间变慢了，几乎像锈住了一般不再往前流动。

她不敢贸然起来，等了一会儿，小心地动动手掌和胳膊，每根手指都能活动，胳膊也没事，只手腕子擦破一点儿皮，无大碍。她用手和膝盖撑住地面，慢慢地掉转身子，坐起来。知觉渐渐恢复了，也没觉出来哪里不适，她庆幸腿没有骨折。她试着把掉出来的鲳鱼、小葱拢过来，重新放回塑料袋里；另一个袋子她还攥在手里，里头是买给乐高老人的猕猴桃和鲜牛奶。

坐在楼梯上定了定神，她看到脚下有水迹，本来应该是一摊，现在有被她踩过一滑的明显痕迹。胡思乱想什么呢，怎么就没看见这摊水呢，她抱怨着。

歇够了，站起来准备继续往上走，刚迈了一步，她“啊”

的一声，身子靠在楼梯扶手上，脚踝传来一钻一钻的锐利的疼痛，额头上立刻渗出一层细汗。她紧咬牙关，弯下腰，扯起左边的裤脚，一个陌生肿胀的踝关节露了出来。

她抓住扶手，右脚先向上迈一个台阶，踩实了，再蜷起左腿，依靠右半边身体猛一用力，把落在下面的一半身子也带上来，就这样慢动作般费力攀爬着，到家门口时，外面的太阳已经升高，一个早晨来过又走了。

躺进沙发，后背还没放平，脚踝深处涌上来一波剧烈的撕裂感，像一根筋扯着，几乎要扯断了，疼痛从脚到头，向上贯穿，她猛地一激灵，像突然意识到自己还有一具身体。

愣了一会儿，她站起身来，小步小步地挪进厨房，接了半盆水放进冰箱冷冻室里。水冻成一坨冰后，她用毛巾裹住冰块，贴着脚踝放好。阳台的门开着，风吹进来，窗帘下摆一荡一荡的，桌上的塑料袋唰啦唰啦响。

慢慢地，融化的水透过毛巾疏松的孔洞往下淌，冰块越来越小，伴着血管的收缩，痛感也似乎有所减轻。

集中全副精力应对脚伤，还没到饭点，肚子就饿了。

头几顿还好，炖了鲳鱼，拌米饭，分两次吃完，冰箱里存的西红柿、豆角也分别充当了一餐。第三天早晨，她打开冰箱，里面空荡荡的，仿若一个心虚的人在冲她讪笑。关上冰箱门，她从袋子里拿出给老人买的猕猴桃，捏了捏，已经变软。

这天就靠猕猴桃应付了过去。

天黑了，她躺在床上，透过拉开的窗帘看见一小片夜空，一弯细月嵌在天上，像一个精致的伤口。月光里，踝关节高高耸起，疼痛依然在，变得钝了、闷了，沿着神经线隐隐传导着，她能感受到它，也在学习着承认它，跟还没离去的它一起待着。前几天早市上，她不知道该给乐高老人买点什么吃，大鱼大肉老人不好消化，坚果咬不动，甜点心也不行，逡巡了一会儿，买了点水果和牛奶。来到养老院，一排老者沐浴在晨光里，不见了乐高老人的踪影。她掉了魂一般，好像老天爷第二次把她母亲带走了。她来回找了几遍，又拉着一个护理员问，描述老人的样子和老人的玩具。护理员是新来的，说："不知道，我刚来两天。"

接着，她就崴了脚。

她坐起来，挪动到床沿儿上，往对面张望。三楼的灯亮着，徐季还没有睡。这几天她时不时往对面瞅一眼，有时看见他闪过的身影，心里就踏实些。她扭伤了脚，困在屋里，一个人，寂静地，目送着日影从西走到东，听见小鸟聚集起来欢叫又忽地散去，感觉到脚部的疼痛由汹涌巨浪化成一脉细流，偶尔看看对面，也是因为突然想到他在岛上，这里还有一个熟人呢，离得这样近呢。她一个人住，他也是一个人住。他的生活简单、孤独，看起来，他享受这一切。

她拿起手机，调出徐季的号码，瞅了半天，手一划，屏幕暗了下去。

早晨醒来，恍恍惚惚双脚着地的一刹那，她几乎忘了有只脚受了伤。干脆，她心一横，左脚着地往前走了一小步，疼痛变弱了，若隐若现的，一跳，隔了很久，再一跳，像清晨发白的天空上星星即将淡去时的微弱闪光。她走到门口，想到还有四层楼梯等着她，就算走完楼梯，去超市的路也还长，心里就泄劲了。犹犹豫豫地打开门，往楼道里迈步，关门的时候，她看见门把手上挂着东西。

一个袋子，里面装着挂面和鸡蛋。

怕是谁放错地方了？四下看看，不见人影，叫了一声，没有回应。她拿起袋子回到屋里，赶紧给自己下了一大碗面条。一直等到晚上又吃完一顿，她仍然猜不透食品的来历。房东夫妇刚来过一次，短时间内不会上门，再说他们也不会留意到她脚伤被困。徐季呢，他应该不知道她在岛上，刚到岛上的时候，她尾随着他去早市去剧院去公园，一直都很小心，戴口罩撑洋伞，挡着遮着，并且总是保持一段距离，往对面楼上窥看的时候她也很警惕，他猛然抬头时，她就赶紧缩起身子，蹲着走出北屋。

难道是乐高老人，明知道不太可能，她心里还是一热。

徐冰倩是几天后赶到的。电话里卫巧蓉说："已经快好了，快好了才随便聊几句的，没事了。"徐冰倩说："用药了吗？应该没有，你自己挨着不会去医院的，以后落下病根怎么办。这么多天，你一个人没吃没喝的，光下面条怎么行。对了外卖，先叫外卖对付几顿。"

她不会叫车，也不会叫外卖。

不管她怎么说，徐冰倩还是立马买了票。女儿快来身边了，她嘴上反复说不用跑一趟，心里不知道多高兴。说起来，她们也有好些日子没见了。

女儿坐上渡船，卫巧蓉就一直在门边站着。终于听到楼梯上有响动，她赶紧打开门，往下张望，徐冰倩也正抬着头往上看。随着女儿的脚步声越来越近，她竟有几分紧张，不知道为什么，鼻子还酸酸的，有点想流泪的感觉。女儿刚到门口时，她不敢仔细看女儿，每次隔一阵子又见面时，就觉得女儿身上少了或多了点什么，跟记忆中的样子总有些许出入。

她有些客气地把女儿让进屋，女儿放下行李，她递上茶杯说喝口水，两个人这才互相看一眼，也互相适应了一下。

"你刚扭伤时就该告诉我的，毕竟是出门在外，不比在老家。"徐冰倩环顾着简陋的房子，又提起这一茬。

她说："以后越来越老，小病小灾不断，哪能每次都通知呢。"她知道女儿也有一堆烦心事儿，各人生活在各人的苦里，谁也替不了谁。

“生病、碰上意外，都该及时给我说，我请个假就出来了。”徐冰倩在屋子里转悠，来到北面的居室，她停下来，先看看对面，又转头看着卫巧蓉，嘴动动，却什么也没说。她不是第一次来岛上了，有一年临近春节的时候，她来这里探望过父亲。

过了一会儿，两人坐在沙发上，先说了几句无关紧要的闲话，徐冰倩才问：“妈，你打算什么时候回家？”

“怎么还要劝我？”卫巧蓉有些抵触。

“我说爸爸独自在岛上生活，你不信，臆想出来一些事情，到处跟别人说，有鼻子有眼儿的，我只好把地址告诉你，你自己来看看，也当出来散散心，之后这事也该过去了。妈，你信不信，这事终归会过去的。”

“你说得简单，几十年夫妻说散就散了，任凭谁也想不通呀。一辈子过来了，两个人加起来一百多岁，该相依为命了，他无情无义铁了心要走，一句解释都没有。”她还记得那番情景，本来没放在心上，以为徐季不过是哪里不顺气，说几句疯话罢了，后来她才发现，这个看起来没什么个性、无可无不可的人，坚决起来是如此可怕。她慌了神，想死命抓住点什么却被一股陌生的力道抛出来，跌落在局外，眼睁睁看着一条熟悉又安全的路线突然断了头，死去了。她和徐季，曾是彼此在世上最亲近的人。这么久了，再回忆起来，愤怒、屈辱、自怨自艾都淡下去了，但她的心还是会疼一下。

徐冰倩叹口气，说："妈，一个人突然想过另一种生活，于是什么也不要了，什么也不管了，这样的话每天给你解释一遍，有用吗？他是另一个人，跟你想法不一样的人，他发明不了一个完善的解释来补你现在的残缺，再说到了今天，你还需要一个解释吗？对于他的做法，我既不赞同，也不理解，我只是接受了。"

卫巧蓉身体抖了一下，像打了一个冷战。她拉紧衣服，小声说："我不是一个糟糕的妻子，我想不通，我来岛上只是想知道为什么。"

"妈，现在知道了吗？"

她看着女儿，女儿也在看着她，她心头一震。女儿看她的眼神，没有厌倦和不耐烦，也不是那种睥睨低微生命体的轻蔑眼神，她从对方的注视中接收到很复杂的信息，鼓励，期待，真心盼着她好，还有，她认得出，爱。

有几分熟悉，她想了想，女儿还是小孩子时，她看女儿的眼神也是这样的。

"有点明白过来了。"她回答道。她的明白里其实掺杂着说不出来的茫然，她不想让女儿失望。回答完了，终究还是不服气，马上又加了一句："这事要落在别人头上，别人说不定什么样子呢，还不如我呢。"

女儿笑了："那当然，我妈挺棒的。"

去医院的路上，她对女儿说："在岛上遇见一个很像你外婆的人，我经常去看看她，最近这一次没见到她，你说，她会不会去世了，老人家是这样，说没就没了。"

女儿会假意宽慰她吧，说老人可能是被接回家云云。

她听见女儿在耳边说："妈，真羡慕你，好比你又多看了外婆几眼，多少人都只能在心里想念亲人啊。"

她先是愕然，转而欣喜，一转念的工夫，出租车从窄道里拐出，下了一个坡，半月形的海湾出现在眼前。车窗外面，一排排红房顶的度假别墅轻快地掠过。海里，渔船上的人正在撒网，身体一旋，两只手臂抡出去，把张开的网送向空中。这多像记忆深处的一幅旧画。卫巧蓉忍不住喊女儿看一眼，女儿放下半截车窗玻璃，偏过头去往外看。卫巧蓉偷偷瞅着女儿，跟小时候一样，女儿的鼻梁和下巴还是那么秀气，她的脸庞看上去是甜的，甜如成熟的果实，还有她皮肤上散发的光泽，卫巧蓉只在牛奶结成的奶皮上看到过那么温和细腻的光。出租车从两排樟树间开过，到了更明亮的地方，她注意到女儿眼角的一小簇皱纹。

她并不为女儿脸上现出的老态感到忧虑和惋惜，她确定，她喜欢她现在的模样。

"明天上午的票对吧？"卫巧蓉帮徐冰倩把碗筷收拾到

厨房，徐冰倩一边点头一边说：“别动了，出去坐着。”卫巧蓉给她系上围裙，提议道：“一会儿咱俩去沙滩上走走。别担心，脚好多了，再说选最近的沙滩，几步路而已。”

这是一个很秀气的海滩，地势平缓，沙质松软。两人沿着海潮退下的一道水痕往前走，被阳光晒了一天的沙子现在还是暖热的，走了一会儿，脚底像被小火苗远远地烤着一样舒服。

到底女儿能不能看到呢，卫巧蓉并不确定。此前，她在这个海滩上遇见过一幕奇景，一幕不属于人间的景象，说不出来的美，短暂而神奇，她悄悄地记在了心底。那会儿，她也像现在一样在沙滩上闲逛，忽然，海水的边缘出现一条闪着蓝色荧光的带子，随着波浪一前一后地摆动，她走近几步，看到海水里浮动着珠子形状的团团蓝光，不像灯光，也不像珠宝的光，那蓝光分明是有生命的，正活着的光，很快，也说不清是水还是光，一波波漫上来，漫过她的脚。星星从天上掉下来了吗？她恍若站立在流动的星河里，喉头一哽，想叫又叫不出声来，整个人呆住了。星河消失，她如梦醒，旁边拍照的人告诉她，这是夜光藻聚集引发的现象。她回想刚才那一幕，更愿意相信是繁星掉落海水，嬉戏片刻又飞回天空。

可遇而不可求吧。她挽着女儿的手臂，往更开阔的地方走，背后有风吹拂，很轻柔的风，像踮着脚尖跟在她们身后。

“再往前就是地质博物馆了。”她指着不远处的建筑物说。女儿停下来望着前方，说："这博物馆外形很奇特，像上冲的海浪在半空中被定住了，是空间，但更像一个瞬间。"她点点头，第一次见到博物馆的外形，她首先感受到的也是时间。在这个"瞬间"里，陈列着岛屿地层的主要构成，一亿多年前的早白垩纪的火山岩，还有小岛各个地质时期的动植物化石，层层叠叠地凝结着亿万年的漫长时光。

"已经闭馆了，等你再上岛，我陪你进去看看。"

回到家里，两人都觉得有些困，早早躺在床上。楼下散步的人陆续回来了，人们的说笑声夹杂着小狗的吠叫声，卫巧蓉说："隔壁单元有人养了一只串串，博美和蝴蝶犬的混血狗，样子特别漂亮。"说着说着话，徐冰倩那边先没声了，她睡熟了。

卫巧蓉听到耳畔传来缓慢深长的呼吸声，有多少年没听过这样的呼吸声了？听着听着，眼角一热，赶紧背过身擦了擦。眼泪不听劝，继续往外涌，无声无息，顺着脸颊流下来，滴在枕头上，黑暗中静悄悄洇湿一片。听着平稳的呼吸声，她感到时间嘀嗒善意地流逝过去，万物沉默地生长，山脉，海水覆盖下的岩石圈，还有不远处伸向海滩的铁红色岬角，那长满地衣的寂静而热烈的火山风景。在一些艰难的时刻，她以为自己肯定要完了，结果她没完。日子呀，慢慢就磨过去了，再过几年女儿生了孩子，她要当个好帮手，帮女儿熬过最忙乱的两三年。再往后，不知道多少年以后，总有这一天吧，她得病了，去世了，她的魂魄也会循着这酣酣的呼吸声，在人世里找到女儿，不呼唤，不打扰，只远远地看看她，守着她。

她多享受和眷恋这普通的夜晚啊，平和的夜，熟睡的人，还有此刻不在眼前但她知道会站在那里的一棵树，楼门口种着的一棵夹竹桃，月光下几片深红的花瓣正缓缓飘落。

窗玻璃上渐渐起了一层雾。

天快亮的时候，下起了小雨。卫巧蓉跟往常一样醒来，睁开眼睛，先看见女儿侧过来的头，心里顿时满是安慰和满足，脸上的表情也一下子变得温柔起来，连带着心头涌起了对整个人世的淡淡的温情。她凑近了，端详女儿熟睡的样子，端详了一会儿才起身，轻轻关严屋门，走进厨房，熬上杂粮粥，煮了两根鲜玉米。

吃过早饭，她忙着给女儿检查行李，钥匙，证件。女儿呢，忙着检阅冰箱，里面满满当当的是蔬菜、鱼虾和水果，冷冻层里也塞满水饺、猪肉包和带鱼段。临走的时候，女儿还把几瓶药油分别放在茶几、床头柜和窗台上，嘱咐着："没事多搽搽，在关节上不停划拉，划拉到发热就是起效了。"

她换下拖鞋，跟在女儿后面要一起去码头，女儿摆摆手，说："你的脚还要再养养，别跟我去码头了，有空了我就来看你，很快的。"女儿向外走几步，忽地又闪身进来，揽住她的脖子，说，"妈，还记得吗？我十几岁的时候咱们一家去旅行，去南方的一个海岛，那几天玩得可真好。”

女儿的本意是让她开心，“一家”这个词却短暂地刺痛了她，疼痛来而复去，倏忽而逝，她清晰地感觉到疼痛的发生和消失。不过，快乐的旅行，她有点记不起来了，只能装作想起来的样子，用力点点头，说：“等你再来，我的脚也好了，我们一起在岛上逛逛，很多好地方呢。”

晚上，卫巧蓉把白色塑料瓶里的药片倒进垃圾桶。自从徐季走后，娴静端庄的夜晚也一并失踪了。她躺在床上，翻来覆去，枕头里的荞麦皮儿沙沙响个不停，像深秋的雨在耳朵边下着。夜深了，她一点儿困意也没有，圆睁着双眼，全身火烫地想象着跟徐季理论的场景，她整夜整夜地处在战斗状态中，凌晨时才在一边倒的胜利中疲惫睡去。再后来，母亲去世了，她白天呆呆地流眼泪，夜里躺下就蒙住头，想忘了已发生的一切。一切的一切，争相往外喷涌，她揭开被子，眼睛在黑暗中盯住天花板，感觉到有什么东西迅速流走了，萎缩，干涸，焦枯，她如一副空空的骨架，在月光的照耀下又冷又白，森森地闪着寒光。

她倒掉安眠药，准备重新学习睡眠。

细软的沙子里插着柠檬色的太阳伞，伞下面是躺椅，躺椅旁边的野餐垫上摆满面包、烤肠、冰汽水、椰子、西瓜，几块浴巾平铺在细沙上，接受夕阳的照耀。海水里浮动着五颜六色的游帽，卫巧蓉戴着一顶红游帽，徐冰倩紧挨着她，双手攀住蓝色的救生圈，徐季在旁边不远的地方浮着水，不时游过来看看她俩。温柔的海浪一波波涌来，身体不用使劲儿，顺着海浪就可以一起一伏，渐渐地，身体好像要跟海浪合为一体了。

徐冰倩不肯戴游帽，高高扎起的两根辫子被海水打湿，头发一绺一绺地贴在脸上，她毫不在意，咯咯笑着，说回家了要学游泳。徐季答应着："我给你当教练。"

上了岸，徐季歪在躺椅上，卫巧蓉陪女儿堆沙子，饿了，吃几口面包，渴了，抱起椰子来喝。天黑透了，三个人仰面躺下，看银河，认北斗七星，直到起了很重的夜露，海风吹到身上觉出凉了，一家子才起身收拾好东西往宾馆里走。回去的路上，徐季给女儿讲故事，前半段讲塞壬，后半段讲忒休斯，两个人一直说说笑笑的。

深色丝绒般的夜空下，卫巧蓉沉默不语。她不停地回想白天游玩的顺利和完美，隐约有些不安，明天还会像今天一样顺、一样快乐吗？不知不觉地，眉头拧紧了。"想什么呢，妈？"女儿突然问她。她勉强笑笑："没什么，有点累了。"

到了宾馆，女儿和徐季陆续冲了澡，她进去的时候，发现热水时有时无，调试了一会儿还是不行，心里就很烦躁，打电话让服务员过来，服务员大概知道这是年久失修的老毛病了，装模作样地查看一下就走了。她匆匆洗完，拿起吹风机，风量不太够，费了半天劲儿勉强吹干了发梢。躺在床上，她对徐季说："明天咱们换家宾馆吧。"徐季嗯了一声。

第二天，她在雨声中醒来，心有些慌。透过窗户往外看，一片白茫茫的，外头的树都看不清了。浴场肯定关闭了，海边那家著名餐厅也不营业了。怎么就突然变了天，昨天还是大太阳呢。怎么办，她拉紧睡袍裹着自己。徐季翻了个身，说："下雨了，多睡一会儿吧。"

在宾馆里吃完午餐，徐季和女儿铺开棋盘纸开始下跳棋。她看他们下跳棋，只觉得一步一步好像踏在她心口，乱扑扑的。眼睛转向外面，雨势正猛，雨水从高处扑下来，天色昏暗得恍若傍晚。她无聊地坐着，打开电视，连换几个台，没有什么好看的，屏幕里的画面越来越模糊，她意识到自己实际上在望着空气，便扭过头去问徐季："你说雨会停下来吗？"

"天知道，"徐季笑着指指上面，"别想了，正好在宾馆好好歇歇。"她嘟囔着："我们明明是出来旅游的。"

那是十五年前的夏天，卫巧蓉想起来了。隔着十几年的漫漫烟尘，她看见回程的路上，徐季拿着相机拍照，女儿远眺着海里的怪石作诗，她不愿破坏他们的兴致，嘴上没说什么，心里却默默复习旅行的细节，到底是哪里不对，造就了这不圆满的旅行？

雨早就停了，大海平静，闭目养神。

她看见一个一脸严肃的女人斜倚在船舷上，看见一团灰白色的影子从她的身躯里脱离出来，一飘一飘，飘回到昨天的那场暴雨中，在雨中孤独地游荡。

清晨，厚厚的云层覆盖着岛屿的上空。云层散开的瞬间，浩荡的光涌进树林。光线穿过树冠，化作一道道光柱，光柱和高矮错落的树木共同设计着林子里的空间，风吹来的时候，叶子哗啦哗啦响，树摇晃，树影摇晃，林子醒来，小动物也醒来了。

早市海鲜区堆满了刚从海里捕捞上来的梭子蟹、海虹、毛蛤、爬虾，地面上水淋淋的，空气里弥漫着一股清鲜的味道。卫巧蓉停在一家商户前面，阳光倾洒，落在一筐筐海货上，她看见有个筐子里叠满纯银。条状的银子，在晨光中闪闪烁烁的。卫巧蓉挑选了一条，她叫不上名字来，鱼身形曼妙，没有鳞片，细看起来像镏了一层厚厚的银粉。市场外面，渔民举着筐子走动，螺、青口、海蛎子，碎石头一般擦着碰着。明亮的光线透过筐子，有的鱼看上去几乎是透明的，一片片鱼形的玉，里面纤细的骨头犹如玉石内部的天然纹理。

蔬果区里似乎集结了世间所有明丽的色彩。在里面转了一圈，她回到熟悉的摊位买茼蒿和蒜苗，隔壁的摊上，一把把粗壮的西芹码在台子上，她想起了徐季。每次跟随徐季来市场，他似乎都会买一把西芹。以前她总说徐季像个孩子，离了她准不行的，她观察着他，看他怎样配齐一餐饭的原料，他东走西走的，就把该有的材料都买齐了。而且，她从来不知道他喜欢吃西芹。回想过去几十年的生活跟回忆一场梦境有些相似，一样的模糊不清，一样的零碎混乱，任意流淌，没有形状，而且，你能记起和描述出来的都不是全部，总会漏掉点什么。

往回走的时候，她看到老吴夫妇正沿着环岛步道散步，两人身上的红色运动衣在清湛的天空下显得分外鲜明。她向夫妇俩招手，心想，世上总算有几个好运气的人，能一直得到命运的厚待。

吴太太小步慢跑起来，老吴也加快了步子，一群白色的海鸟从石头上飞起，抖着翅膀飞向海面。两个人一会儿并排行进，一会儿一前一后错开了。

老吴的腿怎么了？卫巧蓉看着他俩的背影。老吴紧赶几步时，身体有点失去平衡，一条腿拖曳在后面，吴太太回头说着什么，脚步已停下来，两人原地歇了一会儿，吴太太挽起丈夫的手臂，慢慢往前踱步，两人的身影消失在步道拐弯的地方。

卫巧蓉想着吴太太的南方口音，恍然明白了过来。

经过码头，正赶上一艘渡船靠岸，先是甲板一阵咚咚乱响，接着，拖着行李的人们沿着跳板走下来。她也是这样抵达小岛的，只不过没有游客的欢快好奇，她来的时候，随身携带着一座地狱。

海上的晨雾尽数散去，碧清的海水豁然出现在眼前。近来，她时常忘了自己为何来到此地，好像她原本就生活在这里，或像很多外地人一样，来岛上是为了观光和疗养，为了享受这里的阳光、空气和海味。

回到家，她顺手拿起一瓶药油，拧开盖子，把气味辛辣的药油倒在手心里。作为孤居之人，她时常提醒一下自己，你腿脚得利索点。她打着圈搓脚腕子，直到搓得皮肤越来越热，药力缓缓地往下渗，蜿蜒着向里走。脚踝深处的疼痛沉睡了过去，只在阴天下雨的时候，丝丝缕缕地往上爬。今天是个晴朗的日子，她来到自己的卧室，南向的卧室，把床上的被褥摊开，等着丰沛的阳光把棉絮里积攒的潮气一点点赶出去。

下午的时候，被子已变得温温热热的，摸上去像一层柔软的皮肤。手抬起来时，那种软软的感觉还停留在指腹上。

又该出去活动活动手脚了。她在门口拿起一个东西，散步最好有个伴，这个就是她的伴。女儿给她买了一根拐杖，铝合金材质，防滑手柄，高度可以调节。一开始她有些羞恼，说不用不用，还没老到用拐杖的份儿上，女儿说有个拐杖稳当，等脚好了再把它扔掉。脚好了，她每天出门还是顺手拿起拐杖，跟她做个伴。

走进公园时，光线正变得暗淡，灌木和花丛低低地伏在朦胧的暮色里，像通过一面未磨的镜子映照出来的。有好几次，她在公园里见到徐季，他有时在跟人下象棋，有时和老人们一起坐在路边乘凉，有时在跟孩子们聊天，她悄悄绕到后面，能听到他在说什么。他给孩子们讲木卫二，讲珍珠的形成，最近的一次她听见他说：麻姑是谁？她是个仙人，有一天下凡参加宴会，宴会上她对另一位神仙说，自从上次和你见面以后，我亲眼见到东海三次变为桑田……

他们至今没有碰过面。她设想过面对面遇上的情景，这辈子该说的话已经说完了，她不知道该对他说点什么，但她还是会迎上去，向他问声好。

岛的西面是连绵的山峦。群山在渐渐稀薄的岚霭中站立起来，缓缓伸直了脊背。她抬头望过去，正巧又有几朵云飘到山头附近，一纵身，翻了过去，云朵们看见山那边有什么了。

夜色像宽大的黑斗篷一样罩下来。经过小树林时，身后传来窸窸窣窣的声音，也许，人在落叶上走，也许，小动物正穿过草丛。回过头去，是看见松鼠、野兔、狐狸，还是看见一个跟她一样独行的人呢？不管怎样，她都决定转过身去看看。就在她转身的一刹那，环绕在身旁的黑暗变轻了。

几个票友在湖边唱曲儿，正唱到《牡丹亭》的皂罗袍，慢悠悠地清唱，青烟袅袅而上，风后面拖曳着细细的柳丝，溪水潺湲流过光洁的石头。我凝神听一会儿眼睛就湿润了，五十多岁了，活了这么久，还能喜欢《牡丹亭》，这让我觉得幸福极了。

来访者

一

我记得江恺第一次坐在我对面时脸上的表情。我熟悉这样的表情，练过瑜伽了，修过佛打过坐了，老庄和张德芬都看过一遍了，还是不行。

江恺坐在对面，阳光透过玻璃和一层薄薄的纱帘，落在他脸上。发型挺时髦的，头两侧只有短短的发楂，头顶的头发留长却没有塌下来，也没有一撮撮粘在一起，看样子是手指蘸点发泥往上抓的，抓得很蓬松，略凌乱地立起来，说不出的恰到好处。再看衣着，条纹针织镶边的棒球服，天蓝牛仔裤，浅褐色哑光皮质的德比鞋。一打眼就能估摸出来，他受过教育，有份体面的工作，审美也合格，看上去是个活得不错的人。

他让我觉得很不安。初次来访的防御、不信任、试试看、半信半疑，他通通没有，越是这样我心里越沉重。他看起来正常，实际上已经不知道怎样往下活了，只是还没到完全绝望的程度。完全绝望的人不会尝试改变，他坐在我对面表示他对人生仍怀着渴望，或许把我当成了最后的希望。我呢，只是选择这份职业的一个普通人，既不睿智，也不神奇。

这几年每接洽一个新来访者，想到反反复复、缠绵难愈的过程，心就累了，我提不起兴致来了解和琢磨一个全新的对象。每个人都是一座博物馆，也是一座垃圾山。而来访者不是来展览生命中的功业并邀请我鉴赏的，他们会在职业化的导引下，在一个个失去戒备的松弛时刻，任由心底的一条条浊流暗河泄洪般地冲出来，而我在一片狼藉中仔细辨查，捡拾起有用的材料，耐心地抽丝剥茧。这是跟人相关的工作，跟人相关的工作只能耐住性子，一层一层，一步一步，还未必总是向前，时不时绕一圈就回到了原地。

前几次咨询，我说得很少，鼓励江恺多说，放开说。江恺需要说话，需要尽可能地倾倒，他就是对着树洞说上几个小时也是有效果的。跟我一起听他说话的，是一盆菖蒲、两株琴叶榕和几只毛绒玩偶——龙猫、哆啦A梦、小兔本杰明。

房间里光线柔和座椅舒适，江恺说话的时候频繁做手势频繁喝水，基本不和我对视。工作出了问题，婚姻濒于破裂，母子关系也不睦。江恺的故事并不特别，但他说话时脸上闪过的那种年轻人才会有的迷茫神色，让我心里很不是滋味，我想帮帮他。他说到自己的出生年份，是再熟悉不过的四个数字，我儿子也是那一年出生的。

接下来的几次，回溯童年，梳理记忆，细细翻看密密麻麻的褶层。久远的场景和事件苏醒过来，初时，江恺像个局外人一样在描述，说着说着开始可怜自己了，开始动怒了，攥紧拳头，脸涨得通红，音调升高，身体却瑟缩起来。我没有介入，放任他在痛苦中待一会儿，再待一会儿，差不多了才让他自由联想，继而邀请他一起分析。我也会在恰当的时刻揭示出表象背后隐藏的心理机制，让他有豁然开朗的惊喜感。相对于其他咨询来说，我基本算不上使用技巧，也尽量避免让对话进入到既定的程式中，更没有为了获取信任而卖弄经验和学识。跟江恺面对面的十几个小时，是新异的体验，不像在工作，也没有什么目标的预期，平实，随性，自然而然。

直到一个锋利的声音抓破了这个下午。我的手机号不留给来访者，江恺打固话找到咨询助理，他的请求是被转述过来的，隔了一个人，迂回了一下，我还是能想象出电话里的声音，惊恐无助，尖尖的高音，刀刮玻璃，麦克风骤然啸叫。这声音灌进耳道，牙根一下子就酸了。

他想见我。来不及提前预约，问能不能临时安排一次。

在咨询室坐定，我还在后悔，后悔不该开这个口子的。房间里的一切都经过精心设置，生命力强的绿植，灰蓝的地毯，暖光落地灯，原木圆桌，米色布艺沙发椅，红茶，糖果，蜜饯，这些不经意间抚慰着来访者的小设计，此刻也在安抚着我。刚坐进转椅，耳边咚咚地响起江恺快步走来的脚步声，过了一会儿，声音消失了。

真安静。透过窗户打开的一道窄缝儿往下望，地面上人和车的移动似乎变得慢吞吞的，草坪树木的颜色亦是暗淡的，像个远古的场景，不仅是距离的迢遥，还有时间上的邈远感，远到迷迷蒙蒙，影影绰绰，睁大眼睛也看不真切。耳朵里也听不见什么声响，像身处真空，也像来到一个空荡荡的梦境。嘈杂的市声往高处走着走着就走不动了，扑腾着往下掉。

敲门声响了两下。他的手举着还是放下了？我定定神，说“请进”。

江恺还算镇定，也许赶来的路上已经尽可能调节了。

我笑了笑，表示他丝毫没有打扰我，我把转椅朝他挪一挪，身体往前探，鼓励他开口讲。

他说：“我打了主任。”

虽然有所准备，听了他的话我还是一愣怔。最近这两个月，每个周末都跟他会面，他的成长、求学、婚姻及工作情况已了解个大概。我知道他表面上的温顺是很不稳定的，他的人际交往存在很大问题，他不是一个容易相处的人，但这种不好相处更多地是指向世俗层面上的不圆滑和情绪化，也不至于打上司呀。

我首先担心咨询中有什么误导吗，曾建议他体会心底的真实情感，不管这情感是正面的还是负面的都不要抗拒，也许这就释放出了他的攻击性。我紧张起来，让他详细说一说。

“不公平，”他说，“已经不是第一次了。”

大抵是单位里推诿扯皮的那类事，不新鲜。听他讲完，我长舒一口气，问他：“是什么程度的，嗯，肢体接触？”

“推主任一下，用了很大力气，他往后退几步，坐地上了，我又蹲下去用手臂锁住他的脖子。”他比画着。

我既不摇头也不叹气，不动声色地看着他的擒拿动作。

“同事赶过来把我拉开，主任跟喘不过气来一样瘫坐着，他胖。没等他被人扶起来，我转身跑了。”

然后他联系咨询助理，来到我这里。来的过程并不顺畅，他说路上手一直抖，握不紧方向盘，勉强开了一段，把车停在路边，打的过来的。

突发事件劈面砸来，我也需要消化，在我这儿事件最后定格为一个画面，这个看起来很强硬的男孩匆匆逃走，留给人们一个张皇失措的背影。

这会儿，劝解、指导、提出后续处理办法都是不合适的，也别用术语去分析，他需要先松懈下来，不再发抖，不再害怕。

我剥开一颗椰蓉软糖，递给他，他捏住糖，还在愣神，细雪一样的椰蓉缓缓飘下来，悄无声息地铺落在地毯上。

我指着茶叶罐问他想喝什么茶，紫罐里是大吉岭，栗色铁罐里是伯爵银针，锡兰红茶放在木盒子里。他说喝什么都行，这才想起把软糖放进嘴里，紧紧含住。

我坚持让他选，说：“江恺，你来做主。”他指了指栗色的罐子。

水开了，冒着热气的水流注入玻璃壶，混合着蓝色矢车菊、橙色金盏花的银针茶渐渐展开蜷紧的叶片，柠檬油的香味往外挥发，在空气里悠悠荡荡，沉下去又浮起来。

江恺双手环住茶杯，啜一小口，我也不说话，看向窗外。天色暗下来了，这屋里的沉默再纯粹不过了，是没有方向的沉默，也不含着责备，更没有蕴蓄涌动着下一波的焦躁。我们安静地坐着，时间平滑地淌过去，好像从来就没有遭逢过火烧眉毛，也没有一蓬蓬荆棘阻断了去路。

他始终不问“怎么办”，他累了，大概是想挨着一个可以亲近和信赖的人，陪他坐一会儿吧。

茶冲了几泡，香味一淡，房间里显得更清静了。时候已不早，下面还有预约的咨询，至少要留出半小时空当让我独自待着，攒攒精神，准备进入到下一位来访者的世界里。

“谢谢您，我先走吧。”他把剩余的茶水喝完，站起来往门口走，临出门了转过身来冲我笑笑，小心地掩上门。他的脸上时常露出小学生的神气来，不是孩子的而是小学生的，我能辨别出两者间的微妙区别。嚼软糖的时候他也是小口小口地，手捂着嘴，低垂着眼睑，像个怕光的小动物。

完成当天的咨询已是夜里十点多。对面的高楼，一大截子消失在黑沉沉的夜雾里，只剩下点点灯光若隐若现，江恺的脸庞也渐渐模糊起来。下午他来访，没说多少话，主要为平定情绪，刻意不细说，我却隐隐觉出来，之前的那些回，他看似迫切的倾吐也是经过精心选择的。咨询有一段时间了，也许我们还是在表皮儿浮着，渗不下去。想想也正常，人心底某些犄角旮旯儿自己都不愿去，自己都不愿看得太清楚，更别说让旁人进去看了。这从来都不是一件轻巧的事情。

二

南方的冬天走走停停的，冷了几次也冷不下来，约略有个意思罢了。树叶陆续地掉，不似北方迅疾严厉一下子全掉光，裸出枝枝杈杈，枝丫上总还笼着一层绿意，只是绿得薄了，不像夏天那样累累的。

临近年末，期末考试的缘故，青少年来访者多了，婚姻咨询也多起来，好像婚姻也要经历年终大考一样。最近这个月江恺没有出现，看看下星期的预约表，依然没有他的名字。

周六下午的咨询排得满，我过了饭点儿才下楼。拐进茶餐厅，靠窗坐下，捧着餐单看半天，还是点了云吞面，饮料呢，鸳鸯、热鲜奶、阿华田、好立克、柑橘蜜、红豆冰、可乐煲姜……一行行看下来，最后我在杏仁霜后面打了个钩。

茶匙一下下搅动杏仁霜，白色的小漩涡旋转着，甩出来清冽微苦的杏仁味。附近写字楼加班的人三三两两地进出，大都挂着胸牌，坐定话不多，埋头填饱肚子。餐厅里很静，用餐区跟切配间只用玻璃隔着，玻璃后面一根银色横杆，悬着一排挂钩，钩着油鸡、烧肉、卤鹅、青蒜，射灯打下来，青蒜碧绿如洗，烧肉的皮色是枣红枣红的。

抬头看见一个颀长的背影，等他转头，转过头来却不是。这些天，看到高个子男孩我就忍不住想起江恺来。

出电梯，沿着走廊往办公室走，我远远看见一个人在门口来回踱着步。走近了，发现是个面生的年轻女人，冲着我点头。目光越过她，望向前台，值班的姑娘不在。拉开包的拉链，摸到里面的强光手电筒和高分贝报警器，心里踏实了些。

我不往前走，女人也不动，互相对视几秒。她说：“您是庄玉茹老师吧，我见过您的照片。”

我紧攥住手电筒，心想随时备着的东西竟然真要用上了。

“庄老师，我是江恺的妻子，我叫于小雪。”

手还是没从包里拿出来，走廊的灯光偏暗，于小雪走近几步，我才看清她的脸。看清了，攥着手电筒的手指不由松开了。当时形容不出来，后来回忆起跟于小雪唯一的这次见面，回忆起她的脸，一个词才浮现出来，弧度。生硬、苦愁、凌厉的脸上是见不到优美弧度的。于小雪呢，眉毛从中间开始弯，眉尾恰当地收住，不至于耷拉下去，双眼皮儿不深不浅，两道秀气纤巧的虹，嘴角向上翘，横躺着的月牙儿，从耳垂到下巴颏儿也是一条流畅的弧线。很喜兴的一张脸，无论笑不笑，笑意是满的，要溢出来的样子。成年人的面相泄露的信息太多了，无关乎天生的五官美丑，面相里往往隐匿着一个人的心理和生活状态。

走廊另外 头的保安朝这边走来，我取出钥匙打开门，犹豫地看着于小雪。她迎着说：“能占用您一点儿时间吗？”我拿不定主意，身体却侧过来让一下，她赶快走几步跟在我后面进了屋。

她坐进江恺常坐的沙发椅，环视房间，视线最后落在书架上。“我以为都是专业书籍呢，原来不是，”她喃喃念出声，“《通俗天文学：和大师一起与宇宙对话》《中国首饰史话》《李白传》《夜航船》，这是，呀，还有这么多绘本和漫画。”

不清楚她的来意，我礼貌地笑笑作为回应。

“家里现在有很多心理学书籍，《释梦》《荣格文集》《行为主义》《自卑与超越》《论人的成长》，都是江恺买的，我有时也翻一翻。”

心里忐忑，等着她切入正题。我这个职业在来访者家属那里名声并不好，有的目之以传销、灵修、邪恶催眠一路；有的不以为然觉得不过是伪科学、读心魔术；有的时刻提防着，怕咨询久了依赖上，跟亲人反而疏远了；最习见的是把我们看成江湖骗子糊弄人，新时代骗术，闲聊天儿居然按分钟收费，还那么贵，简直是敲诈。

“庄老师，您会保密吧？”她问。我以为她要跟我聊聊江恺，没想到她说的是她自己。

声音圆润好听，珠子一般滴溜溜地滚动着过来。

“就是一刹那，我看他一眼，偏巧他也看我，那一霎可真长啊，什么都没发生，什么都发生过了。之后又见过几面，都是一帮人一起的，听见他跟人打听我，我装作不知道的，其实心里挺高兴。今天，他跟我，两个人，在咖啡馆待了一下午，把不多的几种饮料试了个遍，好意思又不好意思地坐着，都不说告别的话，直到咖啡馆灯亮了，我心里乱，告辞出来，在公园里晃了晃，实在没头绪，才来这里试一下，看看您在不在。”

她又详细说起两人怎么在草木染工作坊共事，我边听边细细地捋。于小雪是纺织面料设计师，这个我早听江恺提起过，也由此想通了他为何穿着打扮颇为讲究，从他表现出来的对自己的认同度这方面来说，本不该这么讲究的，想来都是于小雪对他的积极影响。

因职业之便，我对男女间的事了解甚多，深知那全不由人的疯魔劲儿，就像一把火，除非烧完燃尽，不然过不去。我担心江恺，一时默然，对着眼前的于小雪，却更多的是理解。我知道婚姻有多难，知道跟江恺在一起生活有多累，也猜到于小雪对“草木染男士”的好感，恐怕是因为在痛苦中浸泡太久，想露出头来透口气，未必是动真情。

何况，她为什么来找我呢，肯定不是为了说这些。

她接着说：“庄老师，您是专业人士，您帮帮江恺吧！我想不到别的办法了，信心也快磨没了，早租了房子说搬出去，又舍不下小家，您不知道我有多看重这个小家，一想到跟他过不下去了，光是想想就忍不住掉眼泪。”

这代人是爱过才结婚的，我暗自庆幸。

她说：“最近这几年不知道怎么熬过来的，遇见烦心事，他情绪低落，一低落就好些日子，毫无理由地，他也会突然不满意，好像他本身需要痛苦，好像心绪恶劣倒变成享受一样。外面阳光那么好，扭头看见他，他头顶上压着一大团乌云，我一哆嗦，全身冷透了。他有时待在房间里会忽然大叫一声，接着传来猛砸键盘的声音，他好像自己跟自己说起话来，跟念咒一样。渐渐地，各据一室我也安不下心来，飘飘摇摇地等着，等着他大叫一声，叫完了反而安心了，好像跌进看不见底的洞，掉着掉着总算着地的感觉。”

她的声音绷紧了，眼眶里滚着泪珠，眼尾的睫毛湿湿的。

“一次次重复，就跟进了闭路循环一样，看不到头。前一阵子他跟单位又闹起来了，这个，他跟您说了吧？”

“那天下午临时加了咨询。”我仔细咂摸这个“又”字，心里明白了几分。

她趁我不注意擦擦眼睛，说：“庄老师千万别对他有成见，他是一点儿坏心眼儿也没有的人，他多单纯啊，上大学那会儿他脸上就写着三个字，好男孩。”

她谈及，大二那年去找高中老同学玩，认识了江恺。她随口提到的大学名字让我心里一震，江恺只跟我聊过他的专业，从没跟我提起过他毕业于全国数一数二的学校，我有些吃惊。

提到大学时代她高兴起来，跟我讲他们相处的一些画面，讲得很细致，不愿意漏掉往事一丝一毫的好，脸上始终是小女孩的欢喜劲儿，眉眼更弯了。

我忽然觉得大有希望，很明显她比江恺健全，她是可以从经历中获取养料并被平淡生活秘密滋养着的一类人，这对江恺来说太重要了。

“好男孩，怎么就变成这样了呢？”末了，她说，说完垂下头盯着地面。

她相信别人，她主动来找我，刚才还说起，江恺提出来看心理咨询，她没有质疑没有冷嘲热讽，帮着在网站上选咨询师，浏览简介和照片，说选这位吧，慈眉善目，看着很亲切。

我的年纪，大概跟他们的母亲差不多。

“怎么会对他有成见呢，他是我的来访者，我会帮助他发现一些问题，帮助他的过程也是在帮助自己。每个来访者的心都像冻了几十米的冰层，不能急，慢慢来吧，小雪。”我轻声喊出她的名字，她抬起头来。

我接着说：“心理咨询可以从幼年入手从过往经历入手，家庭，父母，成长历程，沿着这个方向去找线索，这是流行的手法，这种手法因为很少触及现实、相对安全而被广泛采用。但不要忘了一句话，‘我’是一切存在过、一切业已完成的事物的总和。人是什么，人是所有经历的总和而不仅仅是童年的经历。你呢，你曾经是，现在也仍然是江恺的经历。”

她的声音抖得很厉害：“我看到他在受苦却帮不了他，也没能让他感到快乐。夜里他经常做噩梦，喉咙里发出特别惊恐的叫声，双手在黑暗中乱抓，我想让他醒过来，又怕中断一个梦不好。白天的时候偷偷看着他，既想耐下心来安慰他，又想扭过身去躲得远远的。”

我明白她的处境，她正渐渐丧失跟丈夫共同生活的兴趣。江恺的烦躁、怨恨、不高兴像病菌一样四处滋长，高频率的爆发让她身处家中而难获安宁，在爆发和等待爆发中熬时辰。家庭的场，家庭的氛围，吃人不吐骨头。

我把叹息压下去，对她说：“我知道你厌倦了，再坚持一下，别放弃，你是江恺的生活伴侣，也是一个良好的客体，跟你相处的美好体验会改变他内在的心理机构，这样他就有希望重新建立起跟环境、跟他人的健康的客体关系。”

最后我告诉她：“我最喜欢的心理学家是阿尔费雷德·阿德勒。他认为儿童在五岁左右形成了生活风格，也就是构建起了人生原型，但阿德勒不看重过去，他还说过一句话，生命总会设法延续下去。”

她眼睛亮晶晶的，点点头：“生命总会设法延续下去，相信你庄老师，我也不会轻易放弃的。”

送走于小雪，我推开窗户让风吹进来，关掉吸顶灯，只留一盏低瓦数的台灯，把自己放妥在躺椅里。眯了一会儿，坐起来准备回家，抓起手机放进挎包，手指又触到了包里的防身用具。几年前一次咨询的时候，坐在我对面的人总盯着花瓶看，透明玻璃花瓶，注水到瓶身的一半，一束鹅黄色的小苍兰亭亭地站在清水里。咨询完了，我手捂胸口调息了半天，心跳才渐渐慢下来。从此，房间里没有了玻璃花瓶，也没有了瓷瓶和陶瓶，植物栽种在塑料花盆里，干花、鼠尾草、地中海蓟、满天星、珊瑚红豆、莲蓬，住进了各种形状的藤编、竹编或柳编的花器里。

那个来访者是个十几岁的初中生，也许他只是喜欢那束花。

三

每年三月份，我都会离开深圳去别的地方住一阵子。各地的景区风光迥异，扰攘是一样的，我受完罪就离开了，景区还在没白没黑地受罪。有一年夜宿河畔的古镇，深夜躺在床上，窗外的人声像涨潮一样漫上来，渐渐盖过了水声。月洞门雕花木床挨着窗户，窗户下面是窄窄的河，打开窗户，红灯笼映着粼粼的流水，对面临水的街上站着人，拱桥上也挤满了人。古镇像个揉着眼睛缺觉的孩子，哪天能睡个囫囵觉就好了。也去过传说中适宜隐居的偏僻地方，发现隐士真多，已经热闹起来，难见荒烟蔓草，跟外头的气息差不多。后来就悄悄回老家住市郊的宾馆、水库边上的度假屋，临行前或跟亲友见个面，更多的时候直接拉起行李走。坐上出租车，在座位上转头往后看，熟悉又陌生的小城越退越远，渐渐模糊了，是山水画虚虚蒙蒙的远景轮廓，像一场似有还无的残梦，遥遥挂在卷轴的一角。

很少跟亲友谈起我的职业，有人问起来，能含糊过去就含糊过去。这份工作神秘而高危，枯燥又刺激，似乎藏纳了数不清的秘密，但更多的时候我了解的不是个体独特的痛苦，而是公共性质的痛苦，洞悉的也非个体隐秘，不过是对世俗价值的反复体认，对永恒的贪、嗔、痴、慢、疑的来回温习。我的房间里噼啪闪烁着心灵幽深处迸裂的暗蓝色火花，同时也堆积了世事人心最表面的一层泡沫，混浊而固执，一阵强风吹过来都一动不动。

“钻研过几本心理学方面的书，还是揣摩不透上级的心意，有时候用过劲儿，有时候又不够主动，经历几任领导，这方面没少下功夫，好像一直没找对感觉，领导对我也不太重视。”

“做销售三年了，业绩一直不理想，好几次差点儿被淘汰，量上不去，不被淘汰自己干着也没意思，没有愿景啊。每年固定培训也学了些招式，说穿了卖东西就是讲故事，讲故事的技巧我已经掌握了，但心理不够强大不够坚定，对人家脸上的表情会特别在意，磨不开脸去磨客户，也不知道用什么办法能轻松混成哥们儿，很苦恼，想请你在这方面帮我提升一下。”

“我有个高中同学，是我在深圳唯一的朋友。本来我们经济条件差不多，都是一套房一辆家庭型轿车，后来他跳槽去了一家金融公司，每年年底奖金下来了都发笔横财，换了豪华车，现在又准备换房改善生活品质。我呢，后悔大学时没学个好专业，现在还领着死工资。每次跟他见面，回来我都特别，怎么说，就是那个词，焦虑，但他毕竟是我在深圳唯一的朋友，人都需要友谊，其他社会上认识的不敢交心呀。我短期和长期都看不到赚大钱的希望，心里急，睡不着觉，可能快抑郁了。”

这些本该跪在菩萨跟前默默念叨的话，说给我听了，菩萨不用回应，我得回应，厌恶和倦怠会一起袭来。来访者们境遇各异，有一点是相同的：每个人都气鼓鼓地觉得自己的人生很失败。我经常会有捂紧耳朵的冲动。他们的脸孔年轻而老气，更是令我不忍细看。好在这类人士所受的是滚滚红尘的浅表伤害，没有真正的问题要解决，会很快脱落。再加上自助心理学这么流行，分支细，锁定精准，营销心理学、交际心理学、恋爱心理学，通俗易懂，实用性强，实在不需要专门花钱面询。

四月初回到咨询中心，桌上放着这一星期的安排表，江恺的名字又出现了，预约的是一个工作日的晚上，我仔细看了几遍，确定是江恺。

晚上，我提前到咨询室，开窗换气，再把窗子关上。掸干净茶几，调好灯光，倚在沙发上等。江恺提前几分钟到了，说："上个月就想预约，助理说您休假去了。"

我请他坐下，聊了几句闲话。江恺主动提起单位的事，我问他最后怎么处理的，他说："写检查，会上公开道歉，之后饭堂里见面也互相打个招呼。"才不过几个月，他说起来像是很杳渺的事情了，也许那天他的慌乱和绝望，不仅仅出于对上司的畏惧、对前途的担忧，我感觉他可能不在乎这些，让他害怕的，可能是另外的东西。

"反正我又搞砸了。"他扶着额头，准备从头说说。

"毕业那年参加了研究所的应聘考试，几百人竞争的职位，我笔试面试都是第一。入职头一年工作很认真，跟同事关系也融洽，大家对我评价不错。接下来也不知怎么回事，就跟兜不住一样，跟同事吵跟领导也对着干，人缘越来越差，一去单位就觉得空气紧张，待在那里也是讪讪的，只好去找别的出路，看看选调什么的，选调也是通过考试，我擅长这个，试了几次就考上调走了。

“在新单位工作上手很快，一切都很顺利。谁知道过了一段时间，就跟鬼上身一样，又把挺好的局面破坏掉了，我很容易跟人结仇，事事都想反抗，不是诚心的也没什么坏心思，不知道为什么，形容不出来的感觉。

“中间还有，不详细说了。现在这个单位是去年夏天刚换的，刚到单位的时候特别高兴，我渴望加入到陌生的群体中，我就是个新人了，是另外一个人了，没人知道我的底细，可以重新再来一遍！谁知道那天跟中了邪一样还是搞砸了，就好像有另外一个人在暗中指挥我，在秘密规定着我生活的走向，不管我怎么做，都是往那一步里迈。”

听着江恺的叙说，我眼前不断出现一幅画面，画面里藏着深深的悲哀，叫人看一眼就不由得心情黯然。一个年轻人清晨醒来时是怀着希望的，洗脸刷牙，穿上干净的衣服，默默给自己鼓劲儿开始新的一天，尝试着友善对待周围的一切，然而在某种神秘力量的驱使下，希望和美好总是迅速溃散，无论他多么努力都走不出这个轮回。

“这些年一直不太顺。”江恺总结道。

我问：“你主动挑起冲突的人有什么共性吗？”

他想了一会儿说：“仔细想想，都是品性很不错的人，但会在某一个瞬间让我感觉受到了约束。”

“约束？还有没有更多的词语可以描述。”

“压迫，剥夺。服从别人让我感觉很难受，像一座山压过来，把我压成薄薄的纸片，也像一大把管子插在我身上，生命一滴滴被吸走了。”他很肯定地说。

越来越清晰了，我准备开始梳理。看起来，他是个自由的成年人了，不管家庭和父母以前如何，他早已挣脱而出，然而，过去并未走远，像个诱惑，向他招手，一扇扇门次第洞开，长长的通道显露出来，熟悉的口令踏踏响起，他毫不迟疑，扭头往回走，召唤他的到底是什么？

觉察和认知是最重要的，只要能认知到是什么在操纵他，就可以用相应的方法来治疗。

“回想起来，不过是些微不足道的事情，但让我有受束缚的感觉，为了摆脱这种感觉我总是尽快原形毕露，尽快让人知道我不好惹不能沾，是个怪人是块滚刀肉，别跟我分派任务，别跟我交代事情，别打扰我，离我越远越好。扭曲的是，我又多么希望跟每个人的关系都是正常的。没救了，你理解那种感觉吗，好不容易焕然一新，然后稀里糊涂又是老路，意识到自己又回来的一刹那，一下子就灰心了，一点儿心劲儿也没有了。日子太长，我想把阳寿分给小雪，分给您，分给医院里得了绝症的那些人。”他郁郁地说。

我忽然改主意了。

“我儿子跟你同一年出生。”我说。

“也在深圳吗？他肯定比我好得多，我的意思是比我快乐得多。”

“不在深圳。”

“那就在国外了。”

“他死于脐带绕颈，抱出来的时候已经凉了硬了，除了在我肚子里活动、呼吸、生长，一秒钟也没在世上活过。”

我们面对面坐着，一切都静止了下来，恍若漫漫长夏，热气凝滞不动，世界也被粘在了原地。

“又过了几年我跟丈夫也分开了。”

“接着呢？再婚了吧。”

我不再往下继续，岔开话题说：“我之前在老家是做财会工作的。”

“都过去了，都过去了。”江恺安慰着我，好像我是他的来访者。我看着江恺的脸，一时恍惚起来。最近这几年，长成青年人的儿子频频造访我的梦境，他有浓黑的眼眸和上扬的眉毛，个子高高的，喜欢穿天蓝色牛仔裤。白天走在街上，碰见男孩子从我身边经过，我会停下脚步转身看着他们，直到他们的背影消失在拐角的地方，或汇进人流看不真切了，我才继续往前走。

江恺的眼睛忽然一亮，说：“庄老师，您看圣斗士吗？我最喜欢的圣斗士是凤凰座一辉，工作后挣了钱，收藏了很多一辉的模型，有一座是他穿着金色的神圣衣，身后垂下长长的凤凰翎羽。一辉总是死去死去再复活，而且凤凰座的神圣衣也是有生命的，毁坏了可以自愈。”

他讲述起凤凰座的几场著名战事，战斗的激扬，涅槃的灿烂，太阳仿佛伴随着精彩的故事冉冉升起，带着隆隆的巨响声升起，迸射出道道金光，辉映着他年轻的脸。他说自己不该被生下来，抱怨活着真没意思，但是他又多想好好享受生命，好好享受来人间的这一趟啊。阳光，星空，连绵的青山，雨后的草地，诗一般的公式，友情，体育运动，书，电影，花朵，热乎乎的家常菜，各种各样的好东西。

我告诉他：“别灰心，千万别灰心，这不是什么绝症，也没有严重到要从心理领域转到精神卫生领域，已有的理论足够帮你认知了。”

“到底是为什么？”他问。

我尽量不给他定性，假我、俄狄浦斯情结、人格障碍、部分社会功能的缺失，这些标签于他无益。人是多么复杂和差异化的存在，不是几个概念几种分类就能说清的，我尝试着用他能听懂的语言，跟他一起分析和逐步发现。

“你感觉有个神秘人在指挥你，你是被迫进入到情境中的？”

“非我本心所愿，我想在平和友善的环境中工作啊。”

“仔细回想一下，事情失控之前你一般处在何种状态中。”

“不知道，就是感觉难以忍受，局面、氛围都不对。”

“轻松的气氛，良好的人际关系，为什么难以忍受？”

他皱起眉头：“是呀，为什么？”

“也许，这些会令你感到不适，因为不适你才想改变。”

“改变舒适的环境？”他瞪大眼睛。

“你不断创造条件，让自己置身于对抗性的境地中。”

“我创造的？但处在这类境地中并不愉快，很压抑。”

“并不愉快，可是你熟悉，你熟悉这种恐惧：敌人在身边，让你不得安宁。你盼望回去，让自己沉入到业已熟悉的恐惧中。”

“业已熟悉的恐惧？”

“是的，与其等待不可知的恐惧，不如先期沉入熟悉的恐惧，这样就有一种虚幻的掌控感。如果说有个神秘人的话，这个神秘人，就是你的恐惧。”

他说：“那业已熟悉的恐惧是什么？敌人又是谁？”

“一种症状的背后必然勾连着一大段过往，熟睡的个人生活史，需要慢慢叫醒它。”我说。

他那么聪慧，我觉得他已经意识到了什么，他回避着我的眼睛，说：“这一层要慢慢体会。”

我点点头：“不用急，今天也差不多了，回去好好休息吧。”

江恺离开后，我在诊疗室躺了一会儿才回家。回到家，走进卧室，打开衣柜门，感应灯随即亮了，敛藏的光在小小的空间里伸展开来，大衣、毛衣、衬衫，挤挤挨挨拥过来。我从抽屉里拿出一块洋布，蓝底白花，颜色旧旧的，不是用旧的，是不曾流走的时间一层层蒙在上面，让它变得晦暗也变得沉重。

那是我唯一的一次昏厥。原来苏醒不是一瞬间的事，而是一节节、一格格的。先是有耳朵了，听见喊我的名字，声音像从很远的地方传过来，传到耳边已经衰弱，回声荡悠悠地响起，在空旷处经久不散，丝丝缕缕地飘着，声音的细丝被一根根抽长，渐渐断了，风一吹，没了。接着，我感觉到身体的存在，不是实心的，是玻璃球，能看见里面树枝一样的脉管，悬浮流动着的血液。再往后，有触觉了，指甲盖划过的地方凉凉的，是铁架子床，最后，有什么东西重重扑在身体上，我猛地坐起来。

孩子的脸是青紫色的，双目紧闭，他还没来得及看我一眼看人间一眼，眼睛就合上了。人们在床前箍成一个半圆，纷纷劝说着，要把他抱走，我扯过被子盖上他，只露出拳头那么大的头，说让我抱着他吧，就一个晚上也行。熄灯后我靠着一个枕头，在黑暗中注视他。相邻床位的人背过身去，叹息声比披散下来的头发还长。我摸索着下床，绕过弯曲的楼梯，走到有路灯的地方端详他的脸，我想记住他的模样。那做母亲的一夜很短很短，一丛丛黑黝黝的冬青树很快从晨曦中显现出来，顶着初生般的湿漉漉的绿。夜里多个疯狂的想法，比如说把他做成木乃伊，把他浸泡在某种溶液里，把他冷冻起来等待医学的飞跃，像晨雾一样升起又消散了。最后我手里攥住的是一块裹他的棉布，我凑过去闻，大口吸气，好像这样他的气息就能在我的身体里往复循环了。后来过了很久很久，我已经可以叙述和谈论这件事情时，别人听了觉得可怖，对我来说却是一辈子最温柔的夜晚，我跟我的孩子在一块儿，胸膛贴着胸膛，静静地等着天明。

江恺提到过他的母亲，洛阳人，恢复高考后考入邻省的院校，毕业后回老家分配进科协工作，然后结婚生子，日出日落，清晨暮晚，在办公室和自己的小家之间来回往返，像生活在小城市里的无数女人一样，大半辈子的经历都很简单。

四

今天的咨询，我试着问询江恺一些问题。谈及过往的经历，谈及母亲，一鳞半爪的，他仍未提供太多细节，费力想一会儿，摇摇头，好像实在没有什么重大的事情可说，“就那样，每个人都是那么过来的，没什么特别的。”

他对母亲的感情尤其复杂，也许有足够的材料可供解析，却不愿别人触碰。虽然他支支吾吾的，我也大体上能估测出他的成长环境，画出一个大致的轮廓，并可以预见到那些并不“特别”的日常背后隐藏了些什么。

他说：“上次咨询完回到家，关于‘熟悉的恐惧’，思来想去有点明白了。”

“最重要的是自己的觉察，觉察到就够了。”我不想勉强他全部说出来。

“那晚把想到的都写出来了，写完一看，线条很清晰。”

我并未表示赞同，说：“人精神上的迷惑和混乱，成因往往很复杂，我们可能只是找到一部分原因，甚至找到一个原因也没有那么重要，主要是在找的过程中确认了自己想要改变和新生的信念。

“当然，拎出来线条是第一步，难的是怎样不走回老路。

“有些情况下一旦发觉自己正往熟悉的情境里滑行，意识马上接管过来，强行中止，多试几次，一次奏效有了正面的体验，以后就容易应对了。”

“我记下了，等着试试这个方法。对了庄老师，我再请教一个问题，像我这种情况，焦虑变成常态了，每天总感觉很累，工作不忙的时候也又困又乏，有什么办法改善一下吗？”

我了解他的情况，对他来说焦虑不是那个谁都能随意说出的流行词，而是实实在在的折磨。手头没有事，身体坐下来了，周围也没有别人，却还是感觉闹哄哄的，为什么，因为思维太可怕了，它不停止你就没法得到真正的休息，为了片刻的宁静，人们想过多少办法呀。

“该怎么描述呢，这样说吧，我每一秒都活在下一秒，脑子里一个念头挤开另一个念头，成千上万不停翻涌，太累了。还有一些时候会突然全身发抖，心脏猛烈地跳，好像要跳出喉咙离开身体，跟快要死了一样。”他补充道。

“焦虑是表象，是次生情绪，关键要认识到引发焦虑的源头。另外，焦虑漫上来的时候，你会看到什么画面，或听见什么声音吗？”我问。

“有声音，是秒针咔嗒咔嗒的声音，这声音一响，好像就永远不会停，我完全静不下来，坐也不是，站也不是。”

我点点头，说：“感觉自己精力好、脑子清楚的时候，分析一下为什么会听到这个声音。至于方法上，瑜伽的冥想、道家、佛家的打坐，都会有帮助，心理学上的正念练习也是很受重视的治疗方法，有个常用的小办法，数呼吸，有的心理学家认为数呼吸和焦虑不可能同时发生。你找找这方面的书，按步骤来练习练习。”

“可以练习是吧？”

“试一试，正念练习不是包治百病的特效药，每个生命都是独特的，人和人太不一样了，调节的办法因人而异，慢慢摸索吧，”我犹豫着，“要不，我分享一下个人体验？”

他坐直了身子。

我说："旅行的时候，风景会忽然出现在眼前，在我疲倦或不在意的时候，美而突然，好像它迎面而来，跑进甚至是撞进我的生命，那个瞬间，我活着却忘了自己活着，既融合又出离，既迟钝又不可思议的敏锐，出神和忘我之后是大自在，是真休息，感觉特别满足，感觉还有太多未知的好处等着我去发现和喜爱，继续生活的兴致就很高昂。"

他说："太神秘了。"

我有些沮丧，嘴里却鼓励着："江恺，有一天你也会体验到的。"

心理学上对人的这种状态有很多研究，我刻意不援引理论，更不想启用多巴胺、皮质醇等名词，从神经机制的角度来说明背后可能的原理，那些美妙的瞬间，不能求取也无须解释。风，阳光，景物，乐曲，一段文字，生活中的一个偶然，都有可能把我们带到那个安静的地方，从那里走出来的人，身上会焕发着异样的光彩。

既不玄妙也不灵异，只是需要一些机缘。

接下来的一次咨询还是一小时。

这次刚上来他就有点不在状态，眼神游移，说话总重复，我不逼问他什么，只是暗中放缓了节奏。后面他寻着个空当说："过两天要回趟老家，请假手续已经办好了。"

"家里有事吗？"我问。

“有事。外婆心衰住院，住院的时候没通知我，现在好转些，出院搬到我姨家了，妈才告诉我。”

“那就回去看看吧。”

“怪怪的。最近这些年回家都是因为家里有人生病，前年我爸喝酒摔伤了胯骨，还有一次是奶奶感冒转成肺炎，在医院里住了些日子，我陪床陪了几天。我跟我妈很久没打电话了，她一打电话，我接通之前就在想，是不是又有人住院了。”

“很少打电话？”

“不知道该聊什么，更怵头回家，很怕见到他们，很怕当面说话。”

我说：“洛阳是个让人神往的地方，我还没去过呢。”说完了，我察觉到自己竟然期待地看着他，心里的想法就此清晰起来。

他说：“并不是想象中的样子，大概地下还属于古代吧，地上满街连锁，就连仿古也跟别处无异，工艺是差不多的。”

“龙门石窟该去看看。”我说。他看看我，似乎想接句话，张张嘴又合上了。

为了避免在停车场再碰见来访者，我一般会迟些下去。发动好车子，要开出停车位的时候，远远地，两道车灯打过来，接着一辆宝石红色的车子驶近，车窗降下一半，江恺露出头来：“要不，我跟你当个导游，庄老师？”

我打开车门，走下来说：“谢谢你，江恺。”

开出停车场，很快驶上一条沿着海湾修建的快速路，道路两边的灯被一盏盏抛在后面，仪表盘上的数字跳动着，我发现自己越开越快。脚离开一点儿油门，车速慢下来，心里依然很乱。洛阳之行我将以何种身份出现呢？心理咨询师不是神仙不是救星也不是导师或朋友，我无法预见多重关系会为治疗带来什么，这让我觉得危机四伏。也不是头一回了，接访江恺的过程中一次又一次破例，也许在职业生涯的末期，我不想再自欺再使用最省劲儿的办法，一个熟极而流的套路化和市场化的诊疗程序，这样只是可以较快地显现效果，并确保咨询师在惯性中舒适滑行。变换一种方式，来访者可能会有更大改善，很多心理学家的治疗不是完全靠一个模子，而是尊重随机和偶然，也并不避讳跟亲友的接触交流。那种治疗方法古典从容，跟谋生无关，跟今天通行的职业规范也是抵牾的，却是倾尽了努力让一个生命最大限度地自如地活下去。心理学学派众多，任何一个天才的心理学家都有能力开创几种分析诊疗的方法，杰出的心理医生则会为每位病人制订独特的治疗方案。为了让来到世间的生命少一点儿成长的伤痛，让父母们养育孩子时少一点儿蒙昧，温尼科特耗费毕生精力研究上万名婴儿，细致观察母婴之间的相互作用。科胡特、克莱因、贝克、马斯洛、霍妮，他们终日面对着遗忘、防卫、不诚实的对象，在不可知论的压力下试着了解人类解脱人类，想着想着，我心里有了支撑，力量慢慢回来了。

几天后，我跟江恺在高铁站会面。上了车，我们第一次并排而坐。江恺低头看看车票，说："想起来了，刚结婚时，我跟小雪也是坐这趟车回老家的。"

我记得于小雪说租了房子准备搬出去，不知道现在怎么样了。忽然想到另一个女人，一个中年将尽的来访者，在即将步入暮年的时候她坐在我对面，总结自己的婚姻：二十多岁时离开原来的家庭组建了另外一个家庭，以为新生活要开始了，那时不知道这是人世间最难的事情之一，一晃几十年，经历了成千上万次争吵，到头来，说到底，是被一个非亲非故的人平白折磨了这么多年。

于小雪会不会也这样走入暮年？想到这里，我看了江恺一眼，他正望着车窗外面。

起先高速列车在多山的地方行进，穿过一个个高大的山洞，接着地势平缓了，只剩几座线条圆润的小山娇憨地站立着，溪流缓慢婉转地流向远处。时值仲春，水田和菜畦笼着轻烟般的绿、水墨的风韵，不像盛夏时绿得那样实，那样有筋骨。

中午吃完盒饭，江恺闭上眼睛休息，我也歪在座位上打盹儿，半睡半醒间，我听见耳边的呼吸声急促起来，转过头去，正好迎上他睁大的眼睛。

“怎么了，哪里不舒服？”我问他。

他把手掌覆在额头上，半天才调匀呼吸。他凑近我，低声说：“越往北走越害怕，之前看过的恐怖片都浮现出来了。一闭眼就看到《断头谷》里的场景，到处是浓雾，树林里跑出来一匹马，闪电划过，一下子看清骑马的人没有头，无头人全身铠甲，手里拿着长柄利斧，他在追杀我，我跑到一棵树下，看见一颗颗头颅从树根下滚出来，脖颈处的断碴还滴着血，血珠慢慢渗进泥土，地也变红了。电闪雷鸣的，暴雨落下来，雨水混合着血，汪起一个个血红色的水洼。”

“太真切了，跑得喘不上气来。”他摇着头，又摸摸袖子——那么大的雨，衣服居然没有湿。

我本想问个究竟，看到他虚脱的样子，加上此时又在疾驰的密闭列车里，只得按捺下来，起身帮他接了一杯热水。他疲惫地望着窗外，河流、田野、远处的民居，不停地往后掠。我知道他不在这里，不在这节车厢里，他又奋不顾身地沉浸到某个特定的情境里，置身于他竭力想忘记的一段过往中。我想起他在一次咨询中问过的问题：怎样才能获得他人的爱？我没有正面回答，只是告诉他，从你生下来到现在这一刻，肯定有很多人爱过你或正在爱着你。其实我想说的是，真正的爱无法获得或赢取。我还有一个猜测，他话里的“他人”也许可以换成另外的词：母亲。

快进洛阳站了，他站起来取行李，行李箱很重，我帮他接了一下。取下行李，他呼出一口气，好像终于下定决心，说："我没告诉他们，我爸妈，没告诉他们今天回来。之前拿不定主意，没想好这次回来见不见面，刚才经历了一次追杀，我决定了，看完外婆就走。"

一时不知道该怎么接话，他提议在龙门石窟附近找家酒店住下，我说都听他安排，问他什么时候去探望，他回答说明天上午。

到了酒店，天色尚早，他说："庄老师累不累，安顿好可以去石窟转转，走几步路就到了。"我点点头，说去转转吧。其实他刚经历了梦境中的一次猎杀，肯定比我疲惫多了，他只是撑着一口气想早些带我游览。

五

站在石窟门口望过去，成千上万的石刻佛像沿着伊河东岸逶迤而来。

光滑的崖面往里掏，掏出凹形的佛龛，凿锤对着大块的岩石，凿下不是佛像的部分，佛，就出现了。巨大的佛像跟山体似断还连只能仰望，低处的岩石上，数不清的小造像依着山势密密排列着，小造像只有几厘米那么高，却依然让人觉得壮丽。

江恺一路介绍着，哪一尊是精品，什么年代，有何特色，他说记不清来过多少回了，又走了几十步路，他指指前面，快到了，龙门最大的一尊佛。

我们来到卢舍那大佛面前。此处游人最多，导游被扩音装备放大的声音此起彼伏，几个历史人物的名字不断被提及。我没有细听传说，仰头看去，看到大佛融进了山石中，她是菩萨，她也仍然是半座山。我被她的神情迷住了，忘记了她是石头，奇异的感觉涌上来，好像我无论移动到哪个位置，她的目光都像暖煦的风一样吹拂过来。还记得有一年去西安散心，见到秦陵深埋在地下的永生军团，一个个高大的陶俑，斜斜地扎着发髻，没有眼珠和瞳仁，永远无法与之对视，看着看着一股凉意顺着脊背爬上了后脑勺，大夏天的，我打了个大大的冷战。

不是为了旅行而来，此时游兴却真上来了，问江恺能不能再去白马寺，他看看表，说赶过去试一试吧。

来到白马寺，寺门关着，已经闭门谢客。我们沿着赭红色的围墙走了走，暮色渐渐围上来。灯光疏疏落落地亮起，不远处是一家小酒馆。

郊野之地，路上车辆很少，行人也零零星星，天黑下来，是荒村一般的寥落清寂。进到小酒馆里，我们商量着点菜，芹菜炝花生米、小酥肉、焦炸丸子、蒸槐花，主食要了半打锅贴。菜单翻过来看到有糯米酒，我问他："喝点儿酒吗？"他笑笑："度数不高可以。"

很快，店家温了一壶酒上来，酒壶旁是一个小瓷碟，放着干桂花。我先把酒倒在杯子里，再撒上厚厚一层桂花。乳白色叠着金黄色，米酒的酒香托着桂花的甜香，在不大的屋子里漫溢着。

热酒入口顺滑，跟酥肉、丸子和闲聊也相宜，我们又要了一壶。北方初春的夜晚还有些清寒，喝了几杯酒身体才暖和起来。我拈着酒杯，想起大佛的面容，嘴角浮现出笑意。

"笑什么呢？"江恺问。

我说："江恺，你去过很多次石窟了，给我说说，你在大佛脸上看到了什么？"

"很庄重，庄重里还有点亲切。"他说。

"嗯，庄重，亲切，还有吗，想想她的衣服。"

"衣服，衣服是袈裟，石头的袈裟。"江恺有些出神。

"对，石头袈裟，是石头吗？"

"不是。"他仰头喝下一杯酒，手拿着酒杯在桌子上画圈，说，"是石头也不是石头。"

我回忆着雕像的每一个细节，心里不住地赞叹，大佛的通肩袈裟像随手捋起水的波纹，披在身上，衣纹悬垂着，一道道绵软自然的弧线，看不到任何峻急紧张的转折。

“石头凝固下来的是什么？说说你的感觉。”我继续跟他探讨。

他说：“垂感。”

“会不会还有一个词可以替代。”我说。

他捏着眉心：“让我想想。”

“石头凝固下来的，是松弛。”他说。

“对，那是石佛最好的状态，也是人最好的状态。”玻璃门上起了一层雾气，隔开了小酒馆和外面茫茫的夜。我看见，他耸着的双肩渐渐沉下去，脖子出来了，变长了。

他低下头，盯着自己的脚，惊讶地张大嘴：“你看，脚在使劲儿，我的脚居然在使劲儿，明明喝着酒说着话呀，使劲儿干吗呢？”我循着他的视线见到桌下的一只脚，只有前脚掌着地，隔着鞋子仿佛也能看到：他的足弓绷紧，脚趾在用力抠地。

脚慢慢放平了。

“原来我是这样存在着的，像剑拔出来，弓拉得满满的。”江恺不敢相信。

过了一会儿，他说：“下雨了。”我用手抹抹玻璃，向外看去，只看到一小框黑夜。

他吸吸鼻子："下了，我闻见雨味了。"

杯中米酒，安安静静地待着，慢慢地，上面澄出一层透明的青汁。半晌，雨点才稀稀疏疏地落下来，闷声打在地上，似乎数得清，渐渐地，雨点小了也密了，像簌簌落下无数粟米般的小花蕾。

"刚才好像去到一个地方，从没去过的地方，那里太寂静了。"他的神情恍恍惚惚的。我不去打搅他，等待他彻底回过神来。又过一会儿，他说："不知道该怎么描述那种心安的感觉，很陌生，也很美妙。"

我点点头。好长一段时间了，故去的儿子没有再出现在梦境里，他好像走了，真的走远了。

"咱们接着聊吧，庄老师。"

又加上一份牛肉汤，就着热腾腾的汤，我继续跟他闲聊。文章、书法、琴曲都能看到背后的人，至少看到人某个时期的状态，他是焦灼的还是安详的，生硬的还是柔软的，甚至于能感觉到他的气，他呼吸的长短和轻重。比如说有的文字整篇读下来，能感觉到作者气短气促，因为文章也在呼哧呼哧大喘气，还有的文字一惊一炸，吸引，当然吸引，就像字里行间伸出一只手，强拉着你走。再说说女人的美，有的女孩子认为优雅是凹出来的、拧出来的，是对抗出来的，其实自然放松的时候才可能谈得上好看，骨架舒展，脊柱曲度正常，挺胸抬头不但不累，反而是最舒适的。

人的体态以及面庞的纹路走向里，几乎储存刻印着过往所有的情绪和心理习惯，那些恐惧和焦灼并没有倏忽而逝，而是以另一种方式日久天长地凝结了下来。

走出小酒馆时，我才意识到刚刚是一次艺术治疗，没有感觉到它的开始也没有感觉到它的进行，概念和知识隐去，点、节奏、设计、目标皆不明晰，即兴而偶然。

我也很久没这么松弛了。

躺在酒店的白色大床上，江恺的话还在耳边回荡。细雨潇潇，一灯如豆，木桌木椅，酒菜温热，门外传来鸟儿振翅飞过的声响，过后天地俱寂，更是悠然神远。他环顾四周，说：“我这些年，就是这样的时刻太少了，太少了。”

六

酒店的餐厅供应自助早餐，我端着盘子一圈走下来，盘子里有了白煮蛋、香肠、青菜和切成小块的油条。放好盘子，想起粥还没盛，去盛了一碗小米粥，顺手接一杯豆浆，往回走的时候，江恺进来了，他看见我，示意我先找位置坐下。

上午他计划看望外婆，我是跟着去还是自己游览洛阳，昨天没有商议，也是怕他拒绝，我故意没有提及。他取餐坐下，我想着既然吃早饭遇见，正好也就一起去了。

“为了表弟上学近，我姨没往楼上搬，住的还是平房小院。老人家心里恋着住平房，出院才同意过去的。我家住在高楼层，外婆才不肯来呢。”江恺一路说着，很快出租车在一个胡同前停下来。

胡同很深，往里走了几十米，江恺仔细看看大门，辨认一下，说是这里。

开门的是一个有点儿年纪的女人，短发，体胖，毛衣在身上匝出来一个圈一个圈的，她袖子挽着，手上沾满白沫，好像正在洗东西。江恺愣一下，叫声阿姨，女人看看他，摇头表示不认识，江恺说：“王莉是我小姨。”女人“哦”了一声，把门完全打开来，说：“都上班去了，就我跟老太太在家，我姓徐。”

“徐阿姨，我从外地赶回来看看我外婆。”江恺边说边往里走，我跟在他身后。

院子方方正正，中间垦出一块松软的菜地，蔓着菜苗，搭着黄瓜架和扁豆架，一大一小两只狸猫在院子一角的香椿树下躺着。女人把我们引到东头的房间，转身离开了。江恺快步走进去，我跟着迈步，随即又缩回腿来，就站在门口往里看。

老人坐在床沿儿上。毕竟是八十岁的老人，认出外孙，话跟不上，吃力地咳出几个音节。江恺跟她说话，她也听不清。我试着根据她的脸想象江恺妈妈的模样，然而这张脸已没有清晰的轮廓了，眉毛掉光只剩下浅浅的白印子，眼皮垂下来几乎覆盖住眼珠，透过眼皮没遮住的不规则的两条缝儿，她定定地看着江恺。

江恺坐在她身边，说："歇着吧，外婆，咱不说话了。"阳光铺在床上，老人眯上了眼睛。江恺轻轻站起来，从背包里往外拿东西，一一放在桌子上，奶粉、蛋白粉、钙片、蜂胶、花旗参，一套保暖内衣。还有一只智能手表，这种手表可以测血压、呼救，我在商场见过。他拿着手表回到床沿儿，戴在外婆手腕上，她还是没有醒，他就握着她的手，不言不语地看着她。老人猛地醒过来，两人又开始说话，翻来覆去那几句，她听不清，他也听不清。

老人指指屋角，一个简易马桶放在那里。她站起来，江恺赶紧扶着，她挪一步，江恺挪一步。她并不胖，坐下去时身子却显得很沉，重重地砸在马桶圈上。她解完小手，继续坐着，好像解小手就用光了力气，只能在马桶上坐着攒劲儿。好大一会儿她表示可以站起来了，江恺两手放在她的腋下，几乎是把她叉起来的，她喘息片刻，抓着江恺的胳膊往回走，更慢了，一顿一挫地挪着。我看看手机，在这房间里一来一回居然耗去了二十多分钟。

日光一点点移动着，月季花的影子映在窗玻璃上，老人的头缓缓垂到胸前。

他蹑手蹑脚地走出来，我们一起来到院子中央。江恺不住地摇头，说前年还不是这样的，能打牌能上街买菜，老人老起来太快了。

徐阿姨在偏房里忙活，见到我们就推开偏房的小窗户，探着身子说："中午陪你婆吃饭吧？我多收拾几个菜。"

"不了。"他高声说，又转头低声向我耳语，"一会儿我姨我姨夫该下班了，咱先走吧。"

女人说着"怎么不吃饭呀"，追出来送，看她掩上门，我们才往外走。

在胡同里走了一小段，江恺忽然停下来，往后退了几步。胡同口迎面走来两个人，一前一后，都推着电动车。江恺转身看看大门，已经关上，又往胡同另一头看，堵死的，他双手抓着背包的肩带，一下子紧张起来。我把手轻轻搭在他的背上："怎么了，江恺？"

我看着他，很明显他想飞走却少生了一对翅膀，他出了一身大汗。

那两个人走近了，走在前面的是个女人，嘴里叫着江恺的名字。

"你们怎么来了？"江恺沉着脸。

“你姨叫我们过来一起吃饭。”女人看到江恺的脸色，有些畏惧的样子，说，“她不知道，不，”顿了顿，“你不是还没买上票吗？你姨不知道，我们不知道你回来。”

我倒是听明白了，也猜到他们是谁了。料想是保姆通知主家有客来，主家再往下张罗，就把他俩张罗上了。江恺好像受到很大挫伤，说：“谁要吃饭，走了。”

女人嘴里说“这孩子”，不停地拿眼觑看江恺，畏畏缩缩的。他厌烦地别过头去，闭上眼睛又睁开，忽然迈开步子从两辆电动车之间走过去。

“江恺。”

女人的声音怯怯的，尾音儿细弱可能只有她自己听得见。

江恺停住步子，肩膀一耸一耸地大口呼吸，忽地回过头来，我们都吓了一跳。他脸涨得通红，嘴唇哆嗦着，我不知道他要说什么，我只能等着。

他咬着牙说：“爸，你这辈子真亏了。”

音量不大，一字一顿，硬，刺耳，没头没脑，却又直奔靶心。我没想到是这句话，接着才注意到推另外一辆电动车的男人，男人穿着三粒扣羊毛背心和深色西裤，普通的长相，头发黑白掺杂，北方中年男人差不多就是这个样子的。

这话是不能单独出现的，前头必然有很多很多句，这句话开裂的地方，不尽之意汩汩往外冒。

江恺嘴里说着“你别逼我了”，跌跌撞撞地走出胡同。我看着他的背影，又看看他泥塑般呆立的父母，辛酸一波波涌上来，怎么也压不下去。胡同夹道里，不知谁家的一棵玉兰树，长长的枝条伸出院墙在半空中一颤一颤的，顶上的花开了，花瓣像莹润的白玉片子，底下花苞鼓鼓的也快绽开了。

“你是？”不知过了多久，她问起来。

“江恺的同事，办公室挨着，我姓庄，碰巧来洛阳出差。”我撒了个谎。刚才我注意到，江恺看见她时倒退几步，她也一样在认清楚江恺时，往后退了两步，踌躇一下才继续往前走。

她点点头，尴尬地笑笑，说：“真是怕了他了。”话头随即一转，“来家里坐坐吗？”

这次来洛阳是想借机见见江恺的父母，甚至以为我能一力促成双方的和解，昨天江恺说不回家时我还有点失望，没想到今天在这种情况下见面，一时劲头儿也不大了。

挣扎片刻，我说：“方便的话就去家里，随便聊聊。”

七

两人一路引着我来到小区，小区的建筑物很疏朗，花园开阔，种着些合欢、夹竹桃、石榴、垂丝海棠，地上除了草坪还有大片的毛杜鹃和矮牵牛，水系景观也愉人眼目，防腐木的平台，曲水游廊连起几座小巧的六角凉亭，岸边随意散落着几块景观石，流水潺潺，红红白白的锦鲤在硬币大小的绿萍间游弋。江恺妈妈还未从打击中恢复过来，放好了电动车，上楼的时候走错楼道，丈夫喊她也没听见，自己觉出来才慌忙往后退。

她邀请我倒不是随口客套，是巴不得跟熟悉儿子的人聊聊天，掌握些情况，求个安心。

我坐在沙发上，左右看看，好像哪里有点儿不对劲儿。我装作很感兴趣的样子，说参观一下装修吧，江妈站起来，说哪里装修了，能住人就行。先来到江恺的房间，她说搬过家，这里的布置还跟江恺小时候差不多。一个老式的写字台挨着窗户，写字台桌面和两侧粘满贴画，我凑近了看，贴画不是年深日久磨出来的那种斑驳，看上去像被人大力撕过，彩色图案和白色粘胶一条一条交错着，隐约还能看出一点儿变形金刚和足球小将的图案。单人床上的被褥卷着，露出下面的床板，床旁边是书橱，透过书橱玻璃能看到一排排题典。我拉开玻璃仔细看，除了题典还码放着一厚本一厚本的模拟试题，都是土黄色的书脊。衣柜贴墙放着，也许柜门后面就存放着江恺的各种小物件？珍藏着童年记忆、散发出私人气息的小物件。趁江妈背对着我往外走，我打开一扇柜门往里看，见柜子一角放着塑料绳捆扎在一起的书，匆匆一瞥，最上面一本《圣斗士星矢》的封面是一片一片的，尽管被透明胶布粘起来，还是可以看出碎裂的样子。

跟着江妈往外走，忍不住回头再看一眼，窗帘半掩着，屋里有些暗。

接下来我说参观房子的格局就行，只在房间门口张望一下。陈设都差不多，东西很少，一点儿杂物也看不见，每个房间都有钟表，卧室里最多似乎有三个。

再回到客厅，江爸不见了，想是趁机逃脱躲进了房间。江妈坐下来，叹口气说："别人家的儿女越长越成熟，江恺快三十的人，越来越孩子气。这孩子变了，不敢认了。"

"孩子气也不是什么坏事。"我说。

"他在单位怎么样？"

"挺优秀的。"我有意使用这个词。

江妈脸上有喜色，说："从小就是小大人，坚强，懂事，学习好，从不弄鬼掉猴的。我年轻时气性大爱着急，有一回趴在床上生闷气，他呜呜哭着给我端来搪瓷杯，'妈你吃点方便面吧'，我接过杯子，一摸杯子壁是凉的，原来他用凉水泡的面，我一下就笑了。"

我笑不出来，仿佛看到了那时的江恺，一个安慰母亲的小男孩，一个照顾大人情绪的小男孩。

“知道邻居们怎么夸他吗，到现在我还记着，说这是个英雄孩子。”

小英雄江恺。我环顾客厅，想找到一幅江恺儿时的照片，白墙上什么都没有挂，电视柜上只有一个关着的机顶盒，指示灯没有亮。

“江恺小时候可不像现在这么木讷，聪明机灵着呢，那时候说起神童来，江恺也算一个。”

我露出一丝苦笑。多年的咨询经历让我有机会看清背后的底细，很多所谓的聪明小孩，不过是因为成长环境恶劣、时刻准备着应变而不得不警醒聪明，一个孩子哪里需要这么多聪明，孩子要是像个孩子，该有多好。

“一直到他考上学，没操过心也没感觉到什么叛逆期，平平顺顺过来了，那些年过得真快。”她喜欢回忆，说起来就停不住，她想使劲儿拉着我，在那段日子里多转悠一会儿。

阳台上的衣架被风吹得砰砰乱晃，我心里隐隐的感觉变得更加清晰。我说：“这么大个阳台，前面又没遮挡，光照充足，怎么不养点花呀？”

她愣一下，嘴里含混地说小区有花，然后很快扭回正轨，说：“江恺呀，那些年真是争气。”

“后来呢？”

“后来，后来不知怎么回事就大变样了，我对他的希望不像以前那样容易实现了。”

“你对他能有什么希望，就是母亲对儿子的希望吧。”我说。

“我希望也没用，他这些年不太顺。小学、初中、高中都挺顺的，接下来在大学、在社会上反而磕磕绊绊的，他说自己没什么朋友，也看不到什么希望，一个年轻人怎么能说这样的丧气话呢。他的眼神也变了，小时候眼睛里晃着两个小太阳，一看就是个热诚孩子，现在冷冰冰的，让人见了就想躲开。”

她忽然想到什么，说：“跟真事儿一样，前一阵子给我写信，打印出来寄给我，说一打电话就吵架，说不透。有什么好说的，他就是不孝顺，他就是烦我，我喘气儿都有错。”

“信上怎么说？”

“神神道道的，看心理咨询什么的，我打听了，什么咨询，是哄着他说小时候的事，全赖在父母身上。他这么大个人，对自己就没有责任吗，简直走火入魔了，就会埋怨我，说我没有灵魂，活得不真实，好像我是那种很坏的女人，冤呀，没处说呀，到现在我都不知道哪些地方做错了，想破脑袋都不知道。我这辈子什么也没做就培养了一个孩子，孩子竟然说我猎杀他，你看这用词，我不过稍微严厉些，管得贴一些，当妈的不都这样，也没见人家的孩子活不成。”

她看着我，寻求支持：“你说是不是，孩子来了，说来就来，谁天生会做母亲的？”

我小心地看她一眼，她周身似乎没有多少热乎气儿，看上去又扁扁的，没有长宽高，像个小黑点在茫茫的水面上晃荡漂浮。我听懂了江恺的那句话，并非指向男男女女那方面的，他另有所指，她根本没听懂地臊红了脸。刚才一进门我就感觉冷感觉不舒服，对这样一个家庭来说，屋里少了点什么，这个少，并不牵连着钱的困窘。屋里干干净净却没有一盆花草，哪怕一盆仙人掌或一盆枯死的花，也无装饰品，或好看一些的生活用具，色彩也单调，望上去一片灰扑扑的。跟朴素无关，是荒芜的气息，草草的，不知道在往前赶着什么。因为莫名的惶急，一切刚好够用就行，准确得吓人，闲置在这里是不被忍受的，热情、快乐，也嫌多余。

在这个叫作家的地方，发生过很多无人在意的小事，它们伏脉千里地决定着成年江恺的一举一动。注意到我在打量四周，她说：“我从年轻就喜欢素净。”

她是能说会道的女人，颇善敷衍，也会做戏，眼角眉梢藏不住的却是冷淡，对此刻活着的冷淡。她坐在我旁边，但感觉上她并不在这里。她的积极和机警不过是浮泛的一层壳，里头空空的。她的动作表情里藏着作为一个生命体的深深的懒怠和疲倦，岑寂的绝望如穹顶般低低地笼罩着。我仿佛能看见她独坐在漫长的光阴里，像在默默忍受某种酷刑。

我向她推荐通俗一点儿的心理学书籍，她笑笑说：“咱这把年纪别上这个当了。”我说：“也可以翻翻金刚经。”她说：“小区里现在入教的不少。”

我再次问起信的内容，她不愿多提，说好几次想回封信，又觉得不过是换一种方式吵架，没有新鲜的话要说，还是算了。

她失神地望着窗外，说：“那些年，不用问不用多说话，我只要看他一眼，就一眼，他就知道哪些该做，哪些不该做。我也不怎么动手打他，不用动手，我只要不高兴，不理他，他自己就慌得跟没魂儿一样。”

一只小飞虫从窗户里飞进来，很快不见了踪影，过了一会儿，屋子里面光线暗的地方，出现一个绿莹莹的光点，晃动着，忽地，绿色光点一闪而过，消失在了明亮的地方。

我坐在她身边，虽然她并不认为自己需要陪伴，我还是想陪她坐一会儿，就像陪着那些深渊里挣扎渴望得救的来访者一样。他们总是坐在我对面，有的不会哭也不会笑；有的天黑下来就如大难临头，好不容易熬过去一晚第二天还必须一切如常地上班；有的一闲下来就觉得心慌，不停地干事，不停地制造高潮，目标达成之后却一片虚空，更加难受。

她背着光坐在椅子上，双手从两腿间垂下去。半天，她抬起一张凄苦暗淡的脸，叹口气说：“变了，世道变了，让我赶上了。”

“会好起来的，日子总会好起来的。”我宽慰着她。这会儿我不想跟她争辩，更不想指点或责备她，想着这辈子大概只能见这一面，我就想把身上的暖意尽可能分给她，把信心也传递给她。我是真有信心，她儿子多善良呀，咨询的时候也有意无意地替她打了那么多掩护。

她霍地站起来，吓了我一跳。她死死盯着墙上的表，惊叫着怎么一晃就十二点多了。她很慢很慢地重新坐下去，低声说：“又该做饭吃饭了，这日子过着，真是麻烦呀。”

锦鲤游得很快，摆动的尾巴像一抹抹大红颜料在水里化开了。跟江妈道完别，我在水池边坐下来。水清且浅，阳光透下去，池子里晃晃荡荡的满是光。池中央有一棵睡莲，从茎中伸出来的长长的根，在水中一条条清楚分明，两朵莲花挺出水面，一朵年轻，一朵不太年轻了，一朵是蓝色的，一朵是紫色的，几只小乌龟趴在睡莲叶子上，一动不动地晒太阳。鱼在水里游弋，乌龟在叶子上晒太阳，天空和云彩也映在池中。我仰起脸来透过树枝的缝隙望着天空，北方的天空总显得更高远一些，我这才长呼出一口气。

出现在街头巷尾的江妈是一个看不出任何异常的妈妈，

就是这个正常让我憋闷地透不过气来。一个多么常见的家庭，粗粗一看还是个好家庭，夫妻俩都有安稳体面的工作，几十年没病没灾过下来了，孩子学习好有出息，在大城市安顿住了，这看似完满的一切却让我感到深深的惋惜。江妈上面，我看到一条粗大的脉络从遥远的地方延续下来，江妈只是其中的一环，江妈背后，深厚久远的传统巍然而立，押着她，押着许许多多的生命。

她送我时说了最后一句话："江恺迟早要后悔的，后悔对我大吼大叫，等我死了他会扑在棺材上大哭，后悔我活着的时候对我不够好。"

八

洛阳春天的牡丹不可辜负，看到真牡丹便觉得这些年受了国画的骗。阳光下的欧碧如薄薄的绿玻璃一轮轮叠着，一串由轻到重的铃声，清新鲜灵得让人忘了它其实也是富丽的，自然年年都开，见到的一刹那却恍惚觉得这是它的第一次开放。

在牡丹园里接到江恺的电话，他说又没控制住，真抱歉。我告诉他，不用控制，不用道歉。他当日就离开了，这会儿通话已是两天后。我说起信件，他才知道那天我去了他家，他问你们聊什么了，我不知该从哪里谈起，直到挂了电话，他也没再提起信件的事情。

回到酒店，看到前台站着一个人在跟接待员说着什么，是江恺的父亲。我以为他来找我的，正想上前，见接待员从存放柜里拿出几样东西放在台面上，一样一样都很熟悉，探望外婆时带的礼物，江恺给父母也备了一份，不同的是，父母这边还多送了几本书。接待员把东西一股脑儿放在酒店的袋子里，递给江恺父亲，我退几步躲到旁边的旅游纪念品商店里，看着他拎着袋子匆匆离开了。

回程的高铁上接到江恺的短信，问我什么时候回去，想预约下一次咨询，我又谈起信件并给了他邮箱，他回复：庄老师，我需要时间想想。

到家已是深夜，一进门发现窗边的虎尾兰跟走的时候不一样了，整体好像长高了些，新的叶片从土里钻出来，叶子微微卷成一个小筒，还没有完全舒展开。接着我朝沙发看过去，毛绒动物们坐在宽大松软的沙发背上，白色鬃毛的马驹，大眼睛的小狮子，火红的狐狸，套着毛背心的绵羊，两只手牵着手的柴犬，猴子呢，它向一边歪倒了，我走过去，把歪倒的猴子扶坐起来，把它的黑色呢帽也正了正。我在客厅里陪着所有物件坐了一会儿才转到卧室里，临睡前看看邮箱，一堆未读邮件，却没有我等的那一封。

休息过来也没去单位，隔壁的刘先生知道我回来了，拉着我爬山、打壁球、逛茶叶展会。他开着一家中药店，有些年份了，进货的时候自己忙一阵子，平时有人看店，他只是偶尔去转转。我们先是当邻居不知不觉又成了玩伴，经常一起爬山也一起认识植物。刚知道我的职业时，他露出惊愕和担忧的表情，下一次见面时他对我说，以后我们要多游泳。我说他今天怎么没头没脑的，他说："你天天泡在别人的苦水里，全是些避之不及的人和事，多大的折磨。"我这才领会到他的意思，收下了这份关心并告诉他，我有督导师和自我体验师，他们是我的守护神。我想起咨询中心网站上对我的几行介绍，姓名，资历，受训背景以及咨询范围：压力和情绪调节，神经症，自我探索和个人成长，急性心理创伤。我差点儿忍不住告诉刘先生，挂在网站上面的名字并不是我的真名。

江恺预约的是周日晚上。我早早来到咨询室，把洛阳买的牡丹绢花插在藤筐里。花朵绣球般大，颜色是渐变的粉，只有一瓣显得各色，近于深红，像湿了的胭脂，红色冷不丁一大步跳到粉白，倒是一点儿也不呆。摁下音箱开关，一阵雁鸣声响起，远远地从云霄里传过来的鸣叫声，在长空中一梯一梯地往下走。CD里是七首古琴曲，看来上回听到《平沙落雁》了。音乐声中顺手打开电脑，一看邮箱，江恺的邮件躺在里头，两天前就发过来了。

愣怔一会儿，才点进去看。

妈，有一次给你打电话，没说几句气氛就变得冷而怪，你好像收藏了很多冷话和怪话，跃跃欲试地就等着找个机会说给我听。挂了电话我顺手拿起手边能拿到的东西，猛砸书桌一通，也是那天晚上我发现，桌子靠墙的一边光滑平整，靠我的一边全是大大小小的疤痕，一个小坑一个大坑的。

我坐在桌边回想这些年。大学的前几年浑浑噩噩，本以为考上大学就可以“做自己”，可问题是我根本不知道自己是个啥，最后一年躲不过了，拼命学习补亏空，我知道我会考试，也通过考试找到了工作。工作后每天做着差不多的事情，往前一看，前头没有选拔性考试等着我，也没有传奇功业等着我去建立，一切都很平淡，我就提不起劲儿来了。零零碎碎的工作压迫着我，我情绪变得很差，就摆出一副很不好说话的样子，别人都怕跟我打交道。我盼着生病，这样就不用来上班了，过了不久，早晨醒来一下床，趴在了地板上，我真生病了，发高烧连续烧了几天，病好后我就换了工作。

新工作的最初我拼命表现，希望身边的人喜欢我欣赏我，表现了一阵又烦了。

空气里遍布铁钳，箍得我喘不上气来，很轻松的工作也会让我暴怒，稍有波折我就会很担心，我顶撞所有跟我商量事情的人，说别逼我了，别逼我了，他们都尽量少跟我打交道。我发脾气的样子很像你，就像你在替我生活。

接着，又到一个新单位。几个月后熟悉无比的感觉回来了，我既渴望被肯定，又讨厌别人指挥我命令我，很怕跟别人接触，好像任何小小的接触对我的生活都是一种打扰。我像一根绳子，被两个想法拔来拔去。我不知道该怎么办，感觉又要跟别人争吵，感觉又将大祸临头，我在本子上写道："江恺，记住，当心头升起一股烦躁时，不要再用习惯的方式去发泄和对抗。"合上本子再翻开，妈你知道我看见什么了吗？我看见几段长得差不多的话，分布在本子的不同页码上，原来这些话，早就一遍遍写过了。我没法逃避了，各种困境一股脑儿围过来，我像游魂一样在屋里走，小雪看着我，她的眼神让我的心沉下去了，单位的人也是这么看我的。

你是谁？你怎么会变成这样呢？他们的眼神透露出这样的疑问。

我怎么会变成这样呢？那晚之后我开始看心理咨询，咨询师让我认知到，原来黑夜如此漫长，走了二十多年仍在原地转圈，原来成年后自以为自主生成的众多行为，都不过是对过去的沿袭和模仿。我总是回到我们家的老房子，爸在家里待不住，屋里就我们两个人。我坐在书桌前，紧张地用指甲划过桌面，你的目光落在我后背，像一块大石头。你好像浑身有用不完的劲儿，牙咬得紧紧的，双目灼灼地盯着我，表情无比坚毅。目标就在前头，我压抑着所有的愿望往前奔（我多想跟着几个小流氓在溜冰场边学跳太空步啊），让自己时刻处在极不自然的亢奋中，激荡的日子几年一个跃进，一个突破接着一个突破，我只有完成了才能得到你的爱，我只有成为一个完美的好孩子才能得到你的爱，我也随时准备迎接你的尖叫和哭泣，因为即使这样，你还是觉得慢，觉得不够好，你督促我尽快忘记怎么一步步地走，路，跳着过就行了。大部分时候你不说话只是沉默着，我也沉默着，沉默过后我躺在床上却感觉像刚刚经历了一场恶战。有时候，我情愿你狠揍我一顿，也不要冷冷地不理我。否定，否定，否定，成块成块地投掷过来。忽冷忽热，冷和热都是过度的、激烈的、戏剧化的，极致的冷和极致的热。空气紧张得绷直了，我也绷直了，并就此逐渐失去了健全地活着所必须具备的弹性。

我终于离开你了。

我从未离开你。

有些东西，深藏在我的体内，用我觉察不到的方式决定我的命运。幽灵跟我寸步不离，牵引着我一次次回到熟悉的情境，我以为妈妈还在背后，鞭策着我干大事，一件接一件。再看看自己，长大了强壮了，能不依靠妈妈就活下去了，于是我把往日的怒火喷向现在。此时此刻压迫者并不存在，我这半生都在跟想象中的压迫者做斗争，这个百变的压迫者易容乔装，化身为工作制度和生活秩序，化身为某领导，化身为一个弱关系的朋友，也时常化身为某位萍水相逢的服务业人士。我跟他们斗争过后，那种熟悉的压抑感也回来了，我又不舒服了，我需要让自己不舒服。

还要多久才能穿过黑夜？我不知道但我一直没停住脚步。在电话里跟你谈过多次，你只有一种反应：不屑一顾。我说婴儿时期的母婴关系有可能决定一个人的终生命运，你说瞎编乱造，婴儿能懂什么记得什么，我说家庭生活中细如针尖的伤害代代相传且无人称之为伤害，也没有人愿意深究情绪剧烈波动的母亲对敏感的孩子来说意味着什么，你说家家难免的勺子碰锅沿怎么就成了伤害，我说想跳出旧有的模式换一种方式生活，你理解为“娶了媳妇，有了自己的家”，你至今认为我们关系恶化是因为于小雪的挑唆。事实上，于小雪让我知道活着不是一件不幸的事情，她鼓励我，鼓励我打扮打扮自己，用心挑件衣服，找好一点儿的理发师设计发型，以前总觉得我不配、我不行，现在我已经可以享受这个部分了。从认识小雪她就整天笑嘻嘻的，我喜欢她的笑，她的笑跟太阳光一样宝贵，有一阵子她不笑了，我知道为什么，当我感觉一切都没有希望时，我用沉默惩罚自己，也惩罚她。

妈，你也可以多笑笑，印象中你总是不高兴的，听到好消息也只是勉强笑一下，笑容很快消失，好像从来没见过你咧开嘴大笑。梦见你的时候，你孤身站在沙漠中，五官是往下走的，像受到格外强大的地心引力，简直是要往下流了。

你可能不理解我写下的这些话，没关系，不是为了让你承认些什么，更不是为了埋怨、懊悔和仇恨。这么多年来，你跟我一样疲惫，你跟我一样经受着说不出来的隐秘折磨，我们被困在一个共同的炼狱里。我经常在你脸上看到嫌弃的表情，我以为你是嫌弃我，后来才发现，你更多的是在嫌弃活着的自己。也许，我们可以一起尝试着认识层层包裹下真实的自己，一起尝试着分析为何我们浪费宝贵的生命一遍遍重演着相同的剧情，我盼望，不管在什么境况下咱俩都始终怀有努力生活和寻找快乐的意愿。

妈，我多想亲近你，闻闻你身上的气味，即使我五六十岁了头发都白了，我还是想让你搂着我。白头发的你搂着白头发的我，我老了，但我还是有妈的人。多少次了，恨意突然涌上来，我再也不想服从和满足你，再也不想为了你迷茫中慌乱抓住的精神支柱而奋斗，这一切多么虚假，我像清除病毒一样大力删掉你，过不了多久又偷偷加上，也屏蔽过你，又忍不住想看看你的动态，再把你放出来，算不清楚，不知道重复过多少回了。一想到你流泪我心里就难受，爸说你大白天一个人躺在床上，脸对着房顶，不出声地流眼泪，我当时就像孩子一样哇哇大哭起来，我想马上回到老家，为你擦眼泪，帮你做一碗甜酒煮鸡蛋。想到有一天你会死，会被烧成灰埋在地下，我的心就像被剜出一个大洞。我妈呢，世界上再也没有我妈了，大洞越变越大，直到整个人都空了。我也不见了。人只要还有妈，就有底气有胆子，就有恃无恐随时变成小孩子；没有妈，大概就会感受到这世上彻彻底底的孤独吧。

母子关系会影响孩子的所有关系，会影响我看待世界的心态和目光，会影响我的生活信念。但最重要的永远都是现在，我知道任何关系都无法强行修复，我能做的是先对自己负责，学会敬畏日常，让生活成为能量的不竭源泉，再把从心底生出的活力和爱分享给别人，并在不久的将来分享给我的孩子。

看来是时候了，我为我的来访者感到高兴。

九

江恺走进来，右手捧着一束鲜花，左手拎着袋子，里头是两杯果汁。他问："庄老师，你喝火龙果汁还是苹果汁？"

见到他手里的花我心里就明白了，看来想到一块儿去了。屋里没有花瓶，我说："谢谢你的花，先放着，一会儿我带回家。""选什么果汁呢。"他问。我选了一杯火龙果汁。

"最近在忙什么？"

他说："平时上班，周末打游戏散步晒太阳，学着做几道新菜，还报了一个舞蹈班学跳太空舞。"

"能跳跳吗？"

他打着响指轻轻摇晃身体好像在找感觉，然后嘴里说着"月球漫步"，开始滑步，手顺势抬起来搭住虚拟的帽檐儿并往下压了压，一副怡然自得的样子。

我为他鼓掌。

他微笑着坐下来，说："现在你知道了吧庄老师，不是什么极端的成长环境，没有发生过特别可怕的事情，家里没有杀人犯也不是虐待和赤贫，只不过是家庭中一些习以为常的甚至被当作美谈的做法，还有一些无形却细密的罗网，再加上我个人的脆弱。”

我说：“不是你的问题，往上追溯源头时，我们会为事件本身的细小和随意感到惊讶，但孩子就是这样被细细碎碎地塑造成今天的模样。”

接下来，他慢悠悠地谈起自己，后来过了很久我依然记得他平和的语气和坦然的眼神。

“我是个特别守时的人。有一次在外面玩忘记回家吃饭，不记得我妈是怎么管教的了，只记得我从六岁起就养成守时的习惯，只要妈让五点前回家，我肯定会在四点五十七到五点之间出现在她面前。我至今保持着这个习惯，跟人约好时间，哪怕穿越大半个城市，无论坐地铁还是开车，我都能提前三分钟到达，这是我妈给我的‘天赋’。回想小时候在外面玩，玩的什么都不记得了，只记得我隔几分钟就会问附近戴表的人现在是几点。

“我是个缩手缩脚的人，好像周围的一切都很危险，我什么都不敢动。有一年暑假在奶奶家住了几天，发现茶几、柜子可以随便碰触，所有的抽屉都可以拉开，我不敢相信，隔了几天才确信这是真的。我尽情把抽屉拉到最开、仔细摆弄里面的每件物品再关上，像探索完奇幻新世界一样满足。我想喊就喊、想跑就跑、想躺就躺，还有一群表弟表妹跟我一起疯。而在我家，抽屉是不许拉开的，茶几上的杯子是不许乱动的，沙发和床也不能随便躺。有一回放学的路上，下水道里跑出来一只老鼠，我看见老鼠忽然觉得很亲切，我跟它的神情是一模一样的。

“我很小的时候就学会了察言观色和讲笑话。妈妈总是一脸不高兴，大部分时候我不知道原因，我想让她多笑一笑，我要成为家里那个活跃气氛的人，我要经常有好消息报告给她。她一沉着脸，我就羞愧我就恨自己。后来我累了，也习惯了家里的气氛，照镜子的时候，我的阴沉跟周围的阴沉是融在一起的。

“有一段日子我特别矛盾，小学语文课上第一次学‘敌人’这个词，老师解释完含义，我第一个想到的人是妈妈，接着就开始谴责自己，谴责自己是个道德品质败坏的孩子，妈妈给我生命，把我养活大，督促我上进，怎么能有这种想法呢？这念头一冒出来，我就扇自己耳光。

“我从来不觉得自己能活长，好像随时会被抛到野外，一个人死去。后来我发现，乖、学习好、当模范、被叔叔阿姨夸似乎能够保住我的命，再后来保命又如何呢，睁开眼睛的一刻，不知道自己存在的理由是什么，不知道属于自己的生趣在哪里，不知道接下来漫长的一天该怎么熬。我每天都比前一天多死一点。”

“现在呢？”我问他。

“我敢进厨房了，敢摸炉灶了，我会提前腌上牛肉，腌一天一夜，第二天大火煮开再文火慢慢地煨，我愿意等着，为几口就能吃完的一道菜等着，等候的过程让我很心安。对了庄老师，见过我妈了吧，她还有希望吗，我是说，她还有快乐起来的希望吗？”

想起江妈来，我有些恍惚，这世上真有一个她吗？我看不清她的面目。她存在吗，真正喜欢些什么吗？她未经选择地笃信了一些价值，并错认为那就是苦心找寻到的意义，跟从那些价值已耗尽她的精力，她还能为自己喜欢点儿什么呢？无论喜欢上什么都意味着源源不绝的付出，那需要蓬勃旺盛的真正的生命力。

我说见到了，现在心里还记挂着她，她始终在苦海里漂荡，日子太难过了，她受不了一天一天地过，想抢在时间前头做点儿什么，却把现在也弄没了。

他点点头：“如果有个快进键，我妈会一键按下去让这一辈子赶紧过完，我也一样，中考的时候特别希望睡一觉半年过去了，已经在高中了，高二时我又盼着睡一觉，一睁眼知道自己上了哪个大学，知道一个结果就行了。”

“江恺，你不是任何人的翻版，你一定要有信心。人活一世都爱询问意义，我觉得活着的意义是接受自己的缺陷但从不放弃自我完善，对咨询师来说终身成长更是职业需要。你妈妈的精神发育可能停顿在了某个时刻，再也没有觉察、更新和蜕变，奴役她的东西却不断强化，越来越膨胀，最终强大到吞噬了一个活泼泼的生命。”

“我有信心，痛苦了这么多年才明白，我要去生活，一天一天地过日子，越平淡的日子越值得认真过。人这辈子也没有一个万能的确定性的保证：我做到了什么一切就都好了，反而我什么也做不到，什么也不是，我依然存在，依然会有人爱我珍视我。”

“那么……”我看着他，希望他来说。

“咨询可以暂时告一段落了。”他说。

读完江恺的信我就长舒一口气，我为我的来访者感到高兴：他不再需要我了。卡伦·霍妮说解决心理问题好比翻大山，理想的情况是分析师只充当向导，指出最佳路线，现在江恺已经可以独自翻山了，不管这之后他还要经受多少次大同小异的反复的折磨，不管那个声音还会不会响起，调遣他，愚弄他，毕竟他敏锐地觉知到了生之困扰并决意袒露和改变，他怀有强烈的认识自己的愿望，他的生命会越来越清明通透。再说，还有一个爱他的生活伴侣呢，想起这对年轻人来我心里就暖暖的，眼神也变得温柔起来，眼前经常会出现一个画面，他们像童话中的两个孩子，一起穿过有巫婆和猛兽但也有很多美丽风景的大森林。

“庄老师，能说说你最成功的一次治疗吗？”

“不能用成功来形容，说说最难忘的来访者吧。

“大概五六年前她跟母亲一起来的，不，母亲扶着她来的。南方的暖冬穿毛衣足够了，她缩在大棉袄里勉强露出头来，脸上一点儿活人的生气和神采都没有。她母亲告诉我，女婿心梗说没就没了，结婚才三年，蜜一样的，没过够呀。她不吃不喝，有点力气就拿头撞墙，别人建议把她送进康宁医院，她母亲不同意，说先来看咨询，不行再送院。”

“你是怎么做的？”

“我什么也不能做，常规方法在突发和剧烈的精神刺激面前显得很拙劣，也很虚伪，她哭，我陪着她哭，能疏导一点儿算一点儿。私下跟她母亲说，打安定让她睡着觉。

“接着，她一个人来，我还是由着她一遍遍倾诉，在纸上一遍遍写出来。亲人，好朋友，该说的都说了，别人毕竟有自己的生活，生死也挡不住太阳每天出来，我能做什么呢，就是听她重复地说，陪她哭一场再哭一场，鼓励她向前看、往下过，一秒一秒地往下过。

“有一个时期她很认真地跟我谈起丈夫的去向，有时候说他封闭培训了，有时候说他去上海出差了，下周回家，还给她买了裙子、化妆品和几盒蟹壳黄。我认真听着，说真好真好，顺势跟她讨论美丽的衣服、好吃的东西、这个季节的树和花，她说她想起来了，出门时看见小区里的扶桑开了满树的花。我太高兴了，你知道这对她来说有多难吗？

“后来，我在不引导宗教信仰的前提下跟她一起念大悲咒，你不用觉得奇怪，佛教和心理学殊途同归，都是安慰人、解脱人的，遇到过不去的大坎儿的时候宗教的作用更容易体现出来。

“前后咨询了半年时间，她不再出现了。”

“为什么难忘？”

“没想到还会再遇见她。前不久我跟几个朋友打羽毛球，打完拐进体育馆旁边的超市里买水，一进超市我就看见她推着一辆购物车，车子里放得满满的，豆腐、饼干、巧克力、酱菜、卷纸、儿童拼图。她的耳环很显眼，明亮的金色大圈，真洋气，我远远看着她，江恺你知道那一刻我的心情吗？

“我被她感动了。”

“是你救了她。”

我摇摇头：“救了她的是流逝的时间，是男欢女爱一日三餐，是贪生和恋世的好品质。日复一日的生活是最有魔力的。”

沉一会儿，江恺说：“我妈可怜就可怜在这里，我们这些人，该怎么形容呢，被架空了，靠激素和补药勉强撑着，红着眼睛很用力，却什么也看不到什么也感受不到。下一次见到我妈，我不想再逃跑，我想坐下来跟她说说心里话，如果可以选，我希望小时候调皮不听话，上一般的学校，考普通的大学，一辈子没有巅峰，茶茶饭饭过实心的生活，知道什么是真实的，健全到能爱身边的很多东西，我会跟她讲，这是我的理想，等到闭眼的一刻我会把这当成一辈子最大的成就。”

我继续跟他分享那些闪耀着光彩的案例，讲述人的荣光与胜利，赞叹人的灵性和潜能，而另外的部分我自己知道就行了，我不会让江恺知晓这个部分。比如说，两年时间里我跟一个来访者聊了上百个小时，共同经历了一些决定性的时刻，不断地坚定信心，最后一次咨询时他问我："其实一切都没有改变，对吗？"比如说，一个十七岁、一百九十斤的少女，坐飞机到处追星，回到家就躲进房间拉紧窗帘，吃饭只吃炸鸡外卖，被父母送过来后，门刚关上她就拿出写好的遗书，一页一页念给我听。比如说，在目前的环境里，咨询中心要生存我要执业，就必须采用某种类似美容场所的令我感到羞耻的营销办法，预充值、买十个小时送一个小时等。

我们没有按照规定的时间结束，古琴曲从《渔樵问答》到《忆故人》转了几个来回，雁鸣声又响起时，江恺讲起从洛阳回来后的奇遇，讲得很细致，脸上始终带着笑容，我被他感染了，一幅幅场景如在眼前。几个月以后，我依然记得这些场景，仿佛我也身处其间就站在旁边静静地看着他们，很多很多的亮光涌向我，有的是天上来的，有的是相爱的人身上散发的，还有一种光，是属于苇草般柔弱又强韧的生灵的。

十

于小雪带江恺来到她租的房子里。

“一个单间，面积很小，因为阳台朝南才下决心租的。”她说。

江恺站在阳台上，满眼都是植物，番红花、蓼蓝、栀子、槐米、菊花、蒲公英，接着香气环绕过来，红花跑在最前面，紧跟着栀子香，菊花香细长细长的，在外圈轻轻一拢。最后他才看到大片的颜色，日光下朗朗的，绯红、靛蓝、青黛、杏黄……草木在布料里继续生长，形态、味道、颜色甚至魂魄都还在，风刮过来，摇摇曳曳的一片田野。

于小雪说：“我有个提议，咱们俩谁想单独待一待时就来这里。”墙角放了一把椅子一张小圆桌，可以坐下来泡杯茶，等到茶晾温可以入口时，人也就安宁了。

江恺点点头，抬起手来摩挲布料：“什么时候染的？”

“多亏你。”她拿过一片布披在他肩上，“太浓烈的情绪会在空气里凝成一个个小水珠，把屋子里的人都打湿了。我湿淋淋地躲到这里来，立志远离你，发誓不再猜测你黑着脸的原因，谁知道染染布料再做做饭就没那么生气了，想着还是回家好。小时候一刮风下雨，我妈就借机张罗着做好吃的，包饺子烙盒子炖排骨，兴头那么足也不怕费工夫，我看着外面大风大雨的，再瞅瞅屋里忙活的她，不知为何反而心里特别踏实。”

他想起那些细蛛网般粘牢他的恶劣心绪，想起他一手为自己创造的绝境，深深叹了口气，转头看看肩上的布，白而轻，感觉像是披了一小片皎然的月光。

“我准备结束咨询。”

“为什么？”

“咨询师始终没给我明确诊断，她知道标签一个人很容易，诊断是容易的，咨询是一时的，那个层面能解决的已经解决，剩下的要交给生活。”

“交给咱们俩。”

“很难很难，改善一丁点儿都很难，还时不时会回到老地方，或者这样说吧，有些病不会痊愈，可能要一直跟着我。”

“别怕，有什么好怕的，要说起病来，谁又没有病？不管怎样我们先吃顿好的，刚才看见路口的菜摊上摆着嫩绿嫩绿的茴香苗，我们下去买一把？”

两人一起动手，和面，洗茴香苗，切肉，调馅儿，擀皮儿。饺子包好，于小雪下锅煮，江恺从橱柜里拿出小白碟子，倒上醋，又见到架子上有一瓶小磨香油，便取过来在醋上点了几滴。

吃完饺子，两人把海绵垫子放在地上，在这间可爱的小屋里并肩而坐，偶尔相视一笑时，在对方脸上看到了快乐，这快乐是孩童式的、似乎怀着些小秘密的，唯有他俩可以意会和共享，这快乐还暗含着些小风波过去后的庆幸和知足。

玻璃窗下日光闪烁，花影缓缓地在地砖上走，仿佛时间缓缓地流动。

最后一缕斜射进来的光线也消逝了，准备回家时，于小雪神神秘秘地说："等会儿等会儿，你先闭上眼睛，我说'可以啦'你再睁开。"

于小雪拉着他的手走几步，说："可以啦。"江恺睁开眼睛，眼前异样的光亮。哪里来的光？过一会儿他仰起头，这才看到玄关顶上装满各种各样的灯。

进门时，他并没有注意到狭窄幽暗的玄关上方有什么。星星灯挨着月亮灯，猴子灯旁边是橙黄色的南瓜灯，银色圆盘坠下几列高低错落的玻璃球灯，是一场流星雨，布艺灯的灯罩上印着几杆竹子，灯光投下竹影，最大的一盏灯上头聚拢着烛焰状的灯头，下面垂着蓝色八角珠穿起的长流苏。

"小时候最喜欢去灯饰店，一通电，首饰匣子打开了，光照在身上是有声音的，无数珠子一齐往下落。这几个月每接到一张订单就奖励自己买一盏灯。这里是我的好去处，也是你的，慢慢地，你心里那间老房子就塌了，不见了。”

“那是小时候生活的地方，是个家，还是别让它塌掉，我变了它也会跟着变，我变好了它也会跟着变好。”

我一边想象着这些画面，一边在公园里闲逛。

几个票友在湖边唱曲儿，正唱到《牡丹亭》的皂罗袍，慢悠悠地清唱，青烟袅袅而上，风后面拖曳着细细的柳丝，溪水潺湲流过光洁的石头。我凝神听一会儿眼睛就湿润了，五十多岁了，活了这么久，还能喜欢《牡丹亭》，这让我觉得幸福极了。

晴朗的好天气，天空蓝得澄净透明，荔枝林鸟声不绝，水边的蕨类植物丛中传出虫叫的声音。老人们在树荫里活动身体，年轻的情侣、穿校服的学生在草坪上或坐或躺，父母们铺开橡胶垫，扶着孩子学步。我看着他们，但愿这平静安乐在生活里源源不绝地出现，但愿父母永远不要将孩子置身于孤注一掷的境地里，哪里需要什么孤注一掷，但愿孩子永远不会听到这样一句话：你再不努力就晚了。他们保持住了柔韧，明白身处生存的丛林必然损耗一部分生命，而另一部分依然可以自在地舒展，在最高的层面上接受万物本空，具体的生活中却眷恋人间烟火并深知这就是最珍贵的养分，他们携带着先天和后天、身与心的缺陷，经历和体会这一世，日出日落，悲喜掺杂。

草地的尽头有一棵老樟树，树下长椅上坐着一位头发花白的老太太，我走近时看清楚了她的脸。一张普通的衰老的脸，此刻毫无表情，却依然让我感到惊心和震撼。不知经过多少磨难灾祸的锻打，以及无常的捉弄，柔软的血肉仿佛具有了铁一般的质地，连纹路也像刻上去的，看着这张脸，就看到拼着命才活到这个年纪的漫漫的来路，也看到了生的壮阔。她歪着头闭起眼睛，像是睡着了，阳光从树叶的缝隙间漏下来，受难的面庞定格的最后一个表情，是安详。

风把笛子的声音送过来，小狗沿着台阶蹦蹦跳跳。卖菠萝的一对夫妻在一棵洋红风铃木下出摊儿，丈夫削皮切块，妻子收钱，把穿好的菠萝递出去，不时有风铃花辞别枝条落在她肩头，还有的花调皮，在她身上蹭一下才蹁跹飘落。路边的亭子售卖小饰品，网格货架上挂满五颜六色的头绳，一道道发箍，顶上停着薄纱蝴蝶、蜻蜓、瓢虫，儿童戒指的指托上面图案丰富，冰雪公主、表情各异的猫和小熊，不过是塑料质地，却让人感到沉实丰裕的欢乐。一个小女孩拿起镶珠小皇冠插进头发里，又把银色发卡别在两边，照照镜子，满意极了。水钻、树脂、玻璃珠子，射灯照着，琳琳琅琅，漫天的星斗光彩流溢，梦幻王国在等着她，她脸上不断露出惊喜之色。游乐区里，几个男孩吃完橘子开始撕手里的橘皮，嗞嗞，嗞嗞，扬起细细的轻尘般的雾，浓烈的橘子香弥漫在周围的空气里，人们经过时染上了一身的橘子味儿。

公园旁边，靠近居民区的地方，停着平价蔬菜售卖车。灯笼椒砌成一座小塔，白花芥蓝上面有蜜蜂嗡嗡地飞，玉米们头戴着缨穗横七竖八躺着，小黄姜、鲜百合、生栗子、蒜头、绿豆、花生，一小堆一小堆，这样摆着就感觉喜气洋洋的，一种年代久远的可靠的殷实气息，叫人觉得善，叫人觉得安心。蹲下去，拣青菜、挑土豆，站起来，钩子上取下一溜儿猪前腿肉，我知道，这些才是我跟世界真切、深刻而强韧的联结。

今天早饭吃的黑芝麻杏仁糊和炸馒头片，我把馒头片在打散的鸡蛋液里过一遍，用大火和热油把表皮炸酥，出锅沥完油，咬开焦黄的边儿，内瓤儿雪白松软，发面细小的孔洞里冒出热气来，这样回想着，喉头突然涌上来一股熟悉的味道，是咸味儿，盐的味道，是搅打蛋液前放下去的一小撮盐，这古老的味道让我鼻子一酸，眼睛里潮乎乎的。

明天吃什么，小米南瓜粥配鸡蛋葱花饼吧，想着明天的早餐我幸福极了。风吹着后背，好像我往后一倒，它就会拦手抱住我。

这世界真好，生而为人真好。

她想象这个情景，坐在讲台上，一句话也不说，人们先是奇怪，等不了一会儿便开始鼓噪，场面失控，嘈嘈杂杂，大家盯着她看，用各种方法迫使她讲话，她往外跑，跑着跑着扭头一看，没跑全，还剩一套发音器官悬浮在空气里，一荡一荡的。

照夜白

有些气味，只有下雨的时候闻得到。跟阳光晒出来的气味不同，晒出来的气味蓬松温热，就像夏日傍晚时分的树林，弥漫着的是暖烘烘的木香。雨天里的气味不那么热烈，却更悠长一些，从一道道细缝中婉转地泄漏出来，若有若无地浮动在空气里，久久不散。

一间小教室，白墙，黑板，日光灯，十几排桌椅。窗外，雨一遍遍洗着植物，叶子内部浓绿的汁液似要挣破薄薄的表皮，随着雨水四下流淌。

同事们按顺序走上讲台，打开自己的课件，微笑，演示，讲解，做手势。谢梦锦抬头望着讲台，笔拿在手里，本子摊开着，都是做做样子。她正秘密跟踪那股气味，玄远飘忽的气味，像禅机和隐喻。她先是听见，听见衬衣的布料在呼吸，一呼一吸间，气味被带了出来。接着她辨认出，气味并无内核与主干，是麝香、柑橘、茉莉和檀香木的混合香气，香气从她上衣的纹理中迂缓地散发出来，停一停，往更远的地方飘散。这味道属于白色衣物洗衣液，洗衣液还剩小半瓶，在搁架的最右边。同样的瓶子，搁架上放了一长排，细看起来标签并不一样，牛仔布洗衣液，羊绒洗涤剂，深色衣物洗涤剂，丝织品洗衣液，运动衣物洗涤剂……

散会的时候，赵燕朵走到教室后排跟她打招呼。看见最亲近的同事走过来，她一时忘了，“燕朵。”发出声音的一刹那，惊觉不妙，“朵”这个音在卷起的舌头上愣了一下，勉强趔趄到嘴边，本该沿着噘起的舌尖滑行而出的音节，僵直了，破碎了，碎片落满一地。汗一下子冒出来，凉意顺着脊背往下走。她低头收拾桌上的笔、本子和水杯，使劲儿往包里塞。

应该没人听见吧。一个完全走了样的舌尖音、合口呼，像随身听电池快耗尽时发出的声音，扁扁的，扭拧，怪异。

“多喝水，少说话。”燕朵说。

她点点头，指着喉咙，皱着眉，跟燕朵示意，表示自己无法发出声音。

燕朵挽起她的胳膊下楼。外头雨还没停，树下薄薄一层落叶，刚被风雨吹落下来，颜色还翠绿翠绿的。撑起一把伞，两人沿着青色花砖铺就的人行路往车棚走。这条路不知走过多少遍了，两株桃树、三棵缅栀子，接着一排石榴，就到了路的尽头。

才是中午，雨云在半空中一层叠着一层，天色昏暗得像是暮晚。走过桃树和缅栀子，眼前忽地明亮了起来。石榴花开了，刚开的第一茬，本来就热闹的大红色，经了雨水，更加明艳。她俩停住，立在伞下，静静地看着跟前这株石榴。

石榴花上落满雨珠，雨珠像被花瓣吸住一样，一动不动。

她们听见了彼此的呼吸声。

"这一排都是花石榴，不结果实的，就算偶尔结几个果也没法吃。"燕朵说。她手指拂过榴花，雨珠簌簌掉下来。

"我知道，在我老家不叫花石榴，叫'看石榴'。不结果也没什么，结果子不是很重要的事，反而，只有看石榴才能把花开得这样动人。"

按照今天的设置，她不能发出声音，这番话只是在心里默默说了一遍。她想起家里的柜子抽屉，放满了杯壶碗碟，几年也用不上一回的，就是为了看看，看着喜欢。她从小喜欢的，好像都是些中看不中用的东西。

她打开车门坐到驾驶位上，燕朵的车先开出来了，燕朵摇下车窗对她说："小谢，我倒宁愿嗓子发炎的人是我，就不用上那个台了。"

话语涌上来，真正想说的话一波一波地上涌，在喉头凝结了，哽住了。她多想跟燕朵说说话。很快她听见燕朵又一次嘱咐她多喝水，她赶紧点点头，隔着玻璃怕燕朵看不见，干脆开了车门，一只脚着地，侧着身子伸出头去，让燕朵看见她点头的样子。燕朵挥挥手，开车走了。

“燕朵，六年了，头一回我没上去讲，那些话，我是一句也不想说了。”她坐在车里自言自语，把想跟燕朵说的话说了一遍。提眉毛，放松下巴，口腔打开，头腔也打开，她像在播报重要信息，每个字的声母和韵母都交代得很清楚，没有一个含混不清被吞下去的音，平上去入，也都到位了。回家的路上，这些完满的音节还停驻在车厢里，叮叮当当，或站或坐，陪了她一路。

每次把一批东西清出去，她就感觉生活堵住的地方又畅通了。定期理一理，算是个好习惯吧。隔一阵子，把衣橱、书柜、冰箱、储物架整理一遍，就算没扔东西，细细梳爬一番，排放收拾好，心里便清爽多了。

搁架上放着一排洗衣液，她当然知道一个人不需要也用不完这么多洗涤用品。她只是没法抗拒“认真”二字。第一次走进这家洗护用品店，她见到了创始人在洗衣服这件小事上的痴心，世上就是有这样的认真人，把每根纤维都当回事儿，努力不让白衣服变黄，不让羊毛的天然油脂随污渍一起被洗掉。看多了糊弄和粗制滥造，没法不珍惜眼前所见，也知道眼前一切绝非必然。她心想，既然遇到了，还不买简直就是犯罪，便把能买的都买回家了。一共九瓶，在搁架上排好的一刻，正在过的日子莫名地有了尊严。

那天晚上，她整理书柜，同系列的书找齐了放在一起，又按年代和作者规整完十几个书格。收拾的时候，发现几本书里夹着往年的课表，取出课表放在一边，书排好了，便把课表揉揉扔进了纸篓。

扔掉课表，忽然想到，工作也可以理一理。她打开电脑，把这些年的教学任务书找出来理了一遍。一共上过四门课，两门校必修，一门院系必修，一门选修，课时的准确数字也在任务书上。她一学期一学期地加，加到最后，计算器显示屏上出现一个数字。

她又加了一遍，还是那个数字。

第二天有个会，期末的例会，每个人上去谈谈教学体会，几分钟时间，对当老师的人来说比较轻松，也不用专门准备，就是头天晚上心里肯定是有桩事的，总归是一桩事。也没什么好抱怨的，都习惯了，所谓日常，不就是由许多个不轻不重、可以忍受的小折磨组合而成的吗。

一大早，她来找季焕中，主管教学的副院长。她左手捂着喉咙，勉力发出声音，一个字，一颗沙砾，一个字，一颗沙砾，越往后面她的表情越痛苦，声带似已无法振动，发不出真声，基本是气声了。

季焕中在电脑上改着什么东西。办公室里到处堆满书，有的摞太高已经从中间倒了。墙上没有“惠风和畅”的字画，柜子里也没有树脂工艺品，唯一的装饰是几只猫头鹰，陶瓷的，草编的，铸铁的，或挂墙面，或摆桌角。有人问起来，他总是会说，他这个鸮如何如何。他的用词，他认真的样子，都透出几分孩子气来。

“好，知道知道。别说话了，听着就难受。”他说，“生病发短信就行，还跑一趟干吗。”

再用气声回答吗？绷着的劲儿泄了，勇气也消散了，她不想再把自己调动到演出的状态。瞥见桌上的便签纸，撕一张，写下一句话，递给季焕中。

“没别的，也不发烧，就是喉咙疼。”

季焕中看一眼，嗯一声，继续看电脑。她又加上一行字，“谢谢季院长”。

她起身离开，正赶上小木屋形状的钟表整点报时，木屋尖顶下面的一扇窗子弹开，什么东西从里面飞出来，她这才发现，原来里面还藏着一只鸮。

一边往外走，一边目送着鸮推窗飞出，又合上翅膀缓缓隐身于小木屋里。

好像是工作以来第一次吧，在应该张嘴说话时，她没说话。她坐在教室最后一排，听到衣服的面料在呼吸，闻到经过漂洗和日晒后依然活着的一缕香气，看到窗外雨洗的树叶，雨水里平而薄的叶子看起来不一样了，叶子表面的翠色有了形状，简直是一块块凸起来了，看上去，这绿色真沉呀，往下坠人的眼睛。

昨晚她没有准备发言，她练习了一晚上怎样让自己听起来喉咙不适。声带紧张起来，声音尽量往下走，含住一个音节，嘴里多闷一会儿，再蜿蜒着往外挤。

隔着十几排桌椅，她看见燕朵走上讲台，手是微微发抖的，空气中像有一道铜线将这电击般的颤抖向她传导，她拿着笔的手也跟着颤动起来。燕朵工作十几年了，看上去很老练，脸上没有丝毫的畏怯，说话时语调平稳而有变化，既不显得毛躁，也不会让人感觉沉闷。可她看到了，燕朵的手抖了一小会儿。

接下来的两周很容易度过，课程已结束，再完成一些例行工作，从开学之初就秘密支撑着每个人的假期便真要来了。对谢梦锦来说，这两周跟往年有些不同。咽喉炎加重，间歇式失声，她坚持不说话，询问和关心渐渐稀落了。

她真不用说话了。

六年的时间，上了4128节课。这个数字出现时，她的第一反应是算错了。

现在，她秘密享受着失声带来的快乐。学期末多有聚餐，电话里，她用气声说，不行，还是不行，去不了。她已经掌握了怎样把气声发得缥缈一些，再缥缈一些。她逃过了发言，躲过了数场社交活动，不用满心后悔地赴约，不用再受废话和讪笑之苦，每天都因游离在外而暗自窃喜。

办公室在七楼，步入电梯，她算了算，只剩四天了，最后这几天下学期的课会排出来。

她走进办公室，见燕朵也在，正对着电脑登学生成绩呢。学期的尾声，办公室不像以往那样人来人往了，她想走过去跟燕朵说几句话。走几步，见后面卡座内有人，心里一踌躇，脚步已拐到自己座位上。

拉开抽屉，拿出纸笔，她把想说的话写在一张信纸上。

> 燕朵，上课的时候，一定要用麦克风，麦克风坏了就让现场办马上换。即使有麦克风，还是要多用假嗓子。我知道你是认真用心的人，但也不要把自己累坏了。比如说，提问后多等一会儿，歇一歇，这没什么的。

她默读两遍，又加上称呼、署名和日期，看起来真像一封信了。

一直记得，两年前九月的一个下午，她的U盘落在教室，回教学楼取回U盘，经过走廊时，一间教室里传出熟悉的声音，她踮起脚来透过玻璃往里看，果然是燕朵。那天下午，她站在走廊中央听燕朵讲课。燕朵平时说话柔声细语的，一讲课却全身发力，特别投入。听了一会儿，她感觉到，讲话的这个人，气明显不足了，发出的声音周身布满毛刺儿，轻轻刮擦着空气和她的耳道。快下课时，教室有些乱，燕朵升高音调，试图控制些什么，隔着墙，她还是能听出来，这声音在多么吃力地爬坡，她听得心一抖一抖的，听着听着，就想掉泪了。

燕朵不知道她在外面，她从没跟燕朵提起过此事。

趁燕朵出去，她把信纸反扣过来，放在燕朵的办公桌上。

清理完这学期的杂物，她准备回家，抬起头来，正迎上燕朵的目光，燕朵站在隔断的旁边。燕朵说："走，去三楼的甜品店喝杯果汁。"

跟着燕朵走出办公室，燕朵在前面走，她跟着，来到走道尽头一个僻静的角落，四下无人。燕朵转过身来，说："想个办法。"

她点点头。千言万语，好像都不用再说出口了。

晚上，燕朵来电话的时候，她正站在阳台上感叹，今晚的月亮真低，就停在不远处的山脊之上。

"很久没看到信纸了。"燕朵说。

"把话写出来，是另外一种感觉。"她说。

她很自然地跟燕朵对话，不用解释说明，更无须疾风骤雨地诉说。她俩都羞于以太过浓烈的方式跟人相处。

一到夜里，小山就躺下了，月亮安静地挨着山脊，是一小半月亮，敷着一层新溶掉的淡金。纱窗筛落月色，地上，影子搂紧了影子。此刻，不像在用手机通话，燕朵似乎就在她身边，在很近很近的地方，燕朵的气息也尾随着夜色逶迤而来。燕朵是两个孩子的母亲，小儿子只有两岁，长期贫血让她脸色发黄，但并非干枯晦暗的颜色，当光线柔和时，她的脸会泛起玉的光泽，像一块温润的黄色玉石。

“想个办法。”燕朵不探问什么，也不规劝什么，一句多余的话都没有。

“别不好意思，拿着病历去找季焕中。”燕朵接着说。

“好，我去。”

“病历，病历有了吗？可以找老陆。”燕朵说。老陆是她丈夫，在市二院财务科工作。

“不用，有办法的。”她说，“放心吧，燕朵。”

下午，她来到校园，先在湖边的长椅上坐着，快到整点时才往办公楼里走。

木窗打开，鹑飞出，一只漂亮的鹑，羽毛闪耀着金属的光亮感，圆眼睛，神情是落拓中混杂着几分狂傲，好像随时准备仰天大笑。她不想再用气声说话，把病历放在桌角，随后递给季焕中一张便笺纸，上面写的是用嗓过度声带小结可致失声云云。

“慢性职业病，身上，心上，都是难免的。”季焕中说。

他面庞有些浮肿，头发像个鸟窝，也许又躲在办公室看了一夜的书。

“假期好好休养，不然还能怎样呢，我们吃这碗饭的。”他说话的时候没有抬头看她。

既然决定这么做了，就不会在乎别人怎么看待她。她面对窗户坐在椅子上，她心里有底，支撑她的，是多年来的储存。她暗自盘点着这些储存：温和，隐忍，合群，识趣，不哭不闹，看淡荣誉和利益，等等等等。这些年的表现证明，她不是一个麻烦难缠的人，不是一个寻衅滋事的人。她既不精明，也不愚蠢，进退合度，叫人放心。

他连说几句打发她的话，她跟没听见一样，坚定地、毫无愧色地坐在椅子上，作为失声人士，她的沉默是正当的，并不携带情绪和敌意。过了一会儿，她偷觑到，他迅速观察了她一眼。

压力在他那边，她适时地把便笺纸往他跟前推一推。窗外，鸟振翅掠过，在天空中一闪而逝。

“除非你愿意上社会类课程，一般排在晚上或周末，没人愿意上，好在课时量不多，内容也有自由度，空间比较大。”

“适合你。”他加了一句。

阳光不那么强烈了，她来到湖边，在树荫里坐下，望着办公楼，望见方才她跟季焕中对坐的一幕，心里充满感激。那一幕蕴藏着美妙的含混性。从进去到离开，病历始终没有被翻开，从头到尾，他没有动用“规定”这个词，她能感觉到他对这个词的排斥，作为一个有能力尤其是具备情感能力的领导，显然他不愿意使用过于冷硬的词汇。

湖面上落满阳光，湖对岸是她和燕朵走过的人行路，隔着宽阔的湖面，石榴花开得正盛，激动的红色，红得让人看着看着，心里竟有些隐隐作痛。她想，石榴花肯定是热爱说话的，老远地，就能听到它们在交谈，声音高亢响亮。

休整了一个假期，她准备开口说话了。

站在讲台上，最先看到的是坐在后排的那个人。他穿一件蓝衬衣，一点儿也不犹豫的蓝色，单纯而准确的蓝色。他小臂放在桌面，能看见袖口一排纽扣，每粒都待在扣眼里。过了很久，一次课后闲聊的时候她才知道，那叫克莱因蓝，绝对之蓝。

第一次课只来了二十几个人，她知道接下来会更少，这样想着，心情一下子轻松了。她的风格本来就适合上小课。小班上课有特别的感觉，声音响起，却不会冲散静谧，站在讲台上，仿若通灵般的独白，却广有共鸣，交流的深入往往超越语言所能，在一个更奥妙的层面上进行。小课堂上，她拿出来的是私房，小课堂上，她也更容易将多年萃取之物送达给听众，也送达给不在场的更多的人。夜晚的小课堂还会产生某些神秘的东西，难以复制，但每来必让人心醉神迷。她会猛然发现，一直梗在心底说不好的那句话，不经意间自己出来了，浑圆完整，本来如此，看不到丝毫人力的痕迹。

几周后，固定下来的学员总共是七个。有一次课间的时候，他走上来询问一幅图画，两人交谈起来，她这才知道，蓝衣男士是陈乐。他一开口，她就听出来他音质独特，等到报完名字，她马上意识到他是谁了，对，就是陈乐，陈乐呀。听汽车广播的人都熟悉这个名字，交通台早晨七点半的节目，一个充满活力的声音回荡在行进的车中，陪伴着上班路上的人们。他的声音浸透着阳光，友善，轻快，这声音让人觉得世界总有希望。

她问："电台主持也来上这种课？"他的回答让她一下子愣在原地，她没有立刻做出回应，她一直在避免戏剧性，即使是浑然天成的戏剧性，但从那以后，她心里没再把他当成学员。

他说："我不想说话了，我只想听听别人说话。"

他真年轻，人跟声音一样年轻。他皮肤的颜色很深，是长年坚持户外运动才能拥有的健康肤色。一道长而挺的鼻梁从人中延伸到眉心，眉心那里能看到明显的突起。

她上课用的包是一个挺括的布包，很能装东西，布面上印着一幅古画。陈乐问起这幅画，她告诉他，这幅画叫《照夜白》，照夜白是一匹马的名字，一匹白色的唐朝骏马，它的主人是玄宗李隆基。她说："照夜白被拴在木桩上，你看，画面里它是想飞起来的样子呢。”

“要给它画上一对翅膀，或者，”陈乐做出舞剑的动作，说，“用一把剑把木桩砍断。”

他接着说：“照夜白，三个字连在一起，骤然一亮，有一种光明感。”她明白他的意思。她想起早晨拉开窗帘，白昼毫无保留扑进来的一瞬。

很长一段时间了，她不参与任何聚会，也婉拒了所有的外出授课邀约。她说，扁桃体发炎，她说，肠胃不舒服，这些可爱的小恙庇护了她，再后来，她不再求助它们，而是坦然回复，不去了。很简单，不去了。一个伴随她多年的伙伴，正渐渐从意念中抽离，那个伙伴，叫挣扎。电话里，母亲仍问长问短，警示她不要不知足，刺探她有没有多跟人联系交往，她让母亲多注意血压。有时在学校餐厅遇见燕朵，燕朵笑她：“又不是让你上沙场。”她说：“我还真有临阵脱逃的感觉。”回想起那一个个夜晚，在灯带的照耀下谈论不感兴趣的话题，看着关系普通的两个人却非要表现得比实际情况亲密些，回到车里再回到家里，扭头一看，看到一大片滞重的空白站在已逝的几个钟头里傻笑。复又端详镜中的自己，好像变丑了，两团潮红徒劳又懊丧地浮在脸颊。不过是一个个毫无自由意志的公共的夜晚，不是我的，也不是你的。

幸运的时候，课堂会是自己的。“这节课讲小津安二郎的电影。”她说，“适合假期，适合在家里看，能看到世界和人本来的样子，寻寻常常中，原来有惊人的美。屏幕里出现云的时候，我就按暂停，看一会儿云，做点儿别的事情，有时忘了，云就停在屋里，一停就是一下午。”

说到这个场景，她眼神失焦了，短暂的出神，置身于无名的幽境，什么也不想，什么也看不见，再走出来时，从里到外都是湿漉漉的清凉。

学期过半，电影的部分还没讲完，课堂上有些不对劲儿了。这方面她是足够敏锐的，她感知到一股不安的气息在加速挥发，越来越浓重。

坐在第二排的女学员余家欣，一脸不耐烦，身体动来动去，一副完全坐不住的样子，这对授课是重大打击。杂念全涌上来了，她不停地搜拣之前哪句话说错，而之后要说的每句话都变得苍白无味，讲述的热情一沉到底，相似的糟糕经验争相浮现，这一切多让人厌倦和灰心。

她的声音遍布皱纹、长满白发，一瞬间老了。

提着心，机械地发声，时不时用眼神安抚余家欣，像安抚一个焦躁的儿童。她生怕余家欣按捺不住从座位上站起，头也不回地离开课堂。

她站在一座高高的纸桥上，纸糊的桥下面是拉长的时间之河。她被放入一个热瓦煲内，小火熬煮，辗转反侧。总算熬到下课，她走出教室，推开走廊尽头的窗户，长呼出一口气。接着，回到讲台，眼神找到余家欣，鼓励地看着余家欣，发出交流的讯号。她需要掌握情况，需要知道发生了什么。

过了几分钟，她等到了她。余家欣走过来，手肘支在台面上，双手握在一起，说：“谢老师，跟你聊几句啊。我记得这门课叫《你的口才价值百万》，是应用类的课程。”

竟然叫这种名字，谁起的？她拧着眉头。

“我报名上课是觉得这门课实用性强，速成班，立竿见影的那一种。”

她理解余家欣的心情。余家欣在家居商城卖家具，说生意一般，就靠节假日冲量，平时没顾客也要从早到晚守着，想到这姑娘每天在店里吸毒气，她就觉得太不容易了。她还记得，余家欣说打算去万象城一家名品店应征导购，卖精美的皮具珠宝，说的时候一脸神往，她也盼着余家欣能尽快换份自己喜欢的工作。

“我们是人文通识课，口才和表达不仅是技巧层面的东西，跟基本的艺术修养、审美都是联系在一起的。”声音低低的，她觉得自己的话并无说服力。

“可是太空洞了，一点儿也不吸引人，也没什么操作性。”

“后面会有专门的讲解和练习。”她只好说。她黯然跟小津安二郎作别，还有没来得及出现的巴尔蒂斯、贾科梅蒂和

《后赤壁赋》。跟前作相比，她始终觉得《后赤壁赋》因孤寂而更接近神灵，读一遍，宛若转世一回。

接下来的一次课，她走进教室，放下包，看看下面，还是那几个学员，余家欣坐在老位置上。她有些心神不宁，惴惴地等着铃响。她害怕所有这一切，进门，上台，开腔，当众说话，哪怕是重复了上万次，她还是害怕，她知道一走进去，自己就跟还没想清楚的，并未完全认同的一些东西合为一体了。

> 口才是成功最重要的因素。**成功这个词总是自带重读强调效果。**这节课我们一起探究说话的艺术：**说话术。**人是群体性动物，每个人都想在群体中受到大家的欢迎。**大家是谁？**每个人也都要掌握沟通和交际的技巧。**诱导操纵。**

说起来，这些玩意儿是最好讲的，以石井裕之和雷克·科斯纳为底本，列举大量案例，掺和着读心、微表情等时髦秘术，再让学员演练演练，教室里洋溢着学到真东西的满足、欢快的气氛，一节课很快过去了。但昨天晚上，讲稿找出来，她一眼也不想看，磨蹭到很晚还是没看，躺在床上，她想，明天早到教室二十分钟，课前熟悉熟悉吧。不到最后的时刻，她一眼也不想看。

铃响后，她做出一副急匆匆的样子来，快速把东西收拾好，几步走到门口，忍不住回一下头，看到陈乐站起来又坐下，她转头离开，离开前犹豫了半秒。

一路上她车开得很快，急切地想把刚才的夜晚甩到身后。再转一个弯就到小区了，每次先看到的都是裙楼的鲜花店，她把车速降下来。店里的灯还亮着，她停下车，看着店员把摆放在门口的花盆一一搬进店内，透过落地玻璃，能看到不大的空间里布满鲜花。当初花店刚开的时候，她担心花店生意清淡，万一哪天关门就可惜了，她是第一批办储值卡的人。毕竟，楼下开间花店，住户的日常里就有了点儿高于生活的东西。

店员关掉靠窗的一排射灯，她下车走进花店。店员说这么晚还买花呀，她点点头，指着角落里的一束花，说要这束铃兰。

花大都仰着往上开，残败了不好看了，花朵才无奈地耷拉下来。只有铃兰在盛年的时候向下绽放，是主动和自愿，我要低头俯看，我要把花开向地面。

她听见自己的心跳声，如果是做噩梦就好了，闭上眼睛再睁开，不是噩梦，程督导现身了。他端坐在教室前排，每个表情似乎都是有含义的，需要解读的，他无须礼节性地问好，你也知道他来了。他攥紧手中的笔，随时准备记录的样子，白色表格平铺在桌面上，非常显眼。

她脑子里飞快转了几个念头。课前几分钟，每个经验丰富的教师都能根据白色表格上的评价标准，结合督导的喜好，调整讲授次序，讲最恰当的内容，揣摩、判断、选择，一切都是电光火石间的快速反应。同时，抖擞精神，笑容满面，站立在台上，像某一类陈旧又浮夸的修辞。

她当然也有预案。

然而，演完了呢，那是最沮丧的时刻。先觉得丢脸，接着，就是难过了。一个人在台上一惊一炸，卖力地表现，身不由己地迎合，窘迫感渐渐在空气里弥漫，谁都知道发生了什么事情，连坐在最后排的学生也会抬起头来看她两眼，她提醒自己不要敏感，在难以遏制的惯性中继续沉沦。

演够了。

全程没有紧张地观其颜色，也没有顾盼着舒羽开屏，平平常常地讲完一堂课，她拿起杯子，去走廊上接热水。

一转身，看见跟出来的程督导。面对面站着，她发现程督导的脸上没有愤怒也没有茫然，他巧妙使用的，是怜悯的表情。

他说话的时候一直晃着头，似笑非笑。

“你年纪也不大，怎么就落伍了呢。你这个讲法，跟不上时代了。”

“我没想跟。”她说。

程督导用力看她一眼，目光像凿子，凿一下，又旋了一圈。他说：“太平淡了，不带劲儿，不勾人。”顿了顿，他解释到，“我的意思是不抓人。应该重视互动，风趣一些，讲讲笑话，班上就不这么死气沉沉了。”

“我再也不想讲笑话。”她说。她以前也热衷讲笑话的，没人笑就自己笑。她也会花式上课，珠翠绫罗，花哨极了。

“有空去听听管院老师的公开课，那师德，那人格魅力，其乐融融，打成一片。”

开始用大词儿了。她不觉惶恐，反而想笑。提到管院的课，更是难忘的体验。她慕名去学习过，台上的人激情澎湃，两片薄唇上下翻飞后总用一个夸张的圆圆的“O”来结束。听了一半，她多想提醒一句，小声一点儿，可以小声一点儿。接近尾声时，讲演者频繁换气，一口气撑不住两句话，再看未免残忍，她低下头不看了，脸上发烧，只盼赶紧结束，耳朵里已经太满了。

督导没注意到她的表情，继续大度地指导：“先打成一片，有了感情学生就愿意接受你，配合你，打成一片就好说了。”

说出这个词的人，她都避而远之，而督导在几分钟内连说三遍，是他的宝贝吗，得有多喜爱这个词呀。她忽然想起季焕中，季焕中的语言洁癖此刻显得格外可贵。

她在心里估算了一下，通识课是合班上课，粗略算算，这些年要跟几千人打成一片，她笑出声来。没什么好说的了，只能发笑。

见多识广的程督导怔怔地看着她。她听见自己的笑声，心里并不好受。这老人家整日坐在教室，扮作权威，使用正大但失去活力的语言做指导，走不得不走的过场，也真是难为他了。

程督导黑着脸回教室收拾好表格，一边下楼一边说：“你这个态度，神经病，神经病。”

她对着他的背影说：“程老师你听我好几次课了，就这次最正常。”

“最低等级是D，还是F？”

刚说完，听见陈乐的声音从身后传过来。陈乐接着问：“头一回吧？”

“常规的做法是一下课就赶紧走过去，主动聆听教诲，不管说什么都点头，都表态改进。”她说。

“怎么不点头了？”

“想清楚了，想清楚了就不会再点头。”

“会有什么后果，不考虑代价什么的？”

“点头的代价更大。”

校园依山而建，两人沿着行山路往上走。半山腰有一片栎树林，枝叶扶疏，路灯晕黄的光漏到林中的石椅上，石头闪现出了铜的光泽。

她说：“坐一会儿吧。”此刻，她感觉很平静，平静像夜色一般充盈在树林的每个角落，从头到脚把她裹进去了。

两人一起待着，话上很俭省，都没有强烈的表达愿望，可说可不说的，一般就不说了。也从不专门找话题，到哪里算哪里。今晚也是如此。

凉凉的石椅坐暖和了。在听到陈乐的话音儿前，她先听到长长的叹息声。

“人总有不想说话的时候，到点儿必须说，要是带个按钮就好了。人哪，都带按钮就好了，不是说话，也有别的。”

她转头看着他，他的声音变得很陌生，缓慢，低沉，不像广播里那么青春明快了，这声音更适合夜间节目。

她说：“我一直有个愿望，或者说幻想。有一天我到了教室，坐下来，不说话，学生也不说话，大家就这样一起沉默，一分钟，两分钟，四十分钟，四十五分钟，铃响了，所有的人一言不发，寂然散去。”

没等他接话，她马上说：“想想罢了，怎么可能，一大群人呢。说不说话，从来不是自己能决定的事。”

她想象这个情景，坐在讲台上，一句话也不说，人们先是奇怪，等不了一会儿便开始鼓噪，场面失控，嘈嘈杂杂，大家盯着她看，用各种方法迫使她讲话，她往外跑，跑着跑着扭头一看，没跑全，还剩一套发音器官悬浮在空气里，一荡一荡的。她打了个冷战，连声说：“不可能不可能。”

他说：“想想就挺疯狂的。”

“是呀，疯狂。但每天都在想，走进教室前的一秒钟还在想。”

“应该想，哪能连想想都不行呢？不过，你擅长说话，你的课上得很老到，游刃有余。”

她想起自己游刃有余的样子，那好像是另外一个人了，那个人或者说任何游刃有余之人的模样里，似乎都带着点无耻的意味。她点点头，又摇摇头，不知该回答些什么。看着山下校园星星点点的灯光，眼皮发沉，一阵困倦，疲惫感来了，窸窸窣窣地在全身蔓延。

回到家里，她躺倒在床上，想起陈乐的评价，只有苦笑。

当然，她擅长说话。一接近教学楼，该说的话就围拢过来，都往跟前挤，她伸出手来驱赶，让它们走远，它们不走，跟着进电梯出电梯，铃声一响，它们就兴奋地蹦蹦跳跳，把嘴顶开，翻滚而出。怎样活跃气氛，怎样拉近距离，哪里自嘲一下，哪里抛出符合年轻人趣味的笑点，以及如何应付出言不逊之人，如何化解突发情况，她太擅长了。她能调整出不同的面貌，在向学的班级上是个容易接近的形象，明朗可亲，授业解惑，到了某些班级，一脸漠然，习惯失望，不带感情仅止于完成任务地讲述，语流中时有问题抛出，然是自问自答根本无须回应的态度，这态度预先避免了冷场的尴尬和挫败，是习得的自保。冬季的下午，座位上趴倒一片，因自尊而发怒全无必要，到了节点就提醒一句，旋即沉默数秒，既是威慑，亦是等待，甚至哪堂课需要发一次脾气、说几句狠话，以期恢复对课堂的掌控，都有着精妙的把控。她深谙此道。

那快乐的部分呢？是从什么时候开始变了味？

说着说着，她还是会动情，动情的一刹那，忽然觉出来，太熟悉了。她怕自己再也感受不到动情的真正滋味了。她的陶醉和愉悦，都透着一股油滑。

程督导最后离开时脸上肌肉抽搐了一下。那抽搐像一道定格的闪电，明晃晃地照过来。一个非职业化的表情，多么真实和动人。什么东西裂开了，他分离了出来。

也许，她可以叫上陈乐，跟余家欣一起坐下来聊聊，她可以跟余家欣诚恳地说，课堂上讲的，是我能知道的、能理解的、能确定的最好的东西。

至少可以试一试。

下小雨，一道道纤细的水流沿着车窗玻璃淌下来。岭南的十一月份，天气并不冷，雨下得细密轻柔，倒有个秋雨的样子。这雨让她想起燕朵来。燕朵跟人说话，会看着对方的眼睛。燕朵对人的好，是一滴一滴地落在人身上，先濡湿一层皮儿，再缓缓地、绵绵不尽地往下浸润。

这周是傍晚的课，到了学校，时间还早。她先在校园里走了走，走到湖中心的亭子，坐下来，看着雨静静地落在湖面，看了一会儿，觉得很安心。

手机闹钟响了，看看表，快到点了。她这才想起，课前很少有这样的闲情逸致，总是急匆匆的，定不住神。她起身往教学楼方向走，远远地，看见陈乐在楼门口站着，他又穿那件蓝衬衣了。黄昏细雨，衣服的颜色看上去不像白天那么鲜明，她有些恍惚，早间节目里他妙语连珠，让人听着听着嘴角就浮现出笑意，课堂上，他是最沉默的蓝。

他迎上来："这节课，这节课你不用说话。"

"什么意思，谁来讲呢？"

"你不是有个愿望吗。"

她停住脚步，说："不可能实现的那个？"

"谁说不可能，就这么几位同学。"他眼睛亮闪闪的，他说，"我一个一个找他们谈的。"

"怎么谈的？"

他笑了："没使用技巧，你教的说话技巧，一点儿也没使用。我就照实说。"

她愣住了："不可能。"

"怎么不可能？你给我们上十几周课了，要有信心啊，一堂课一堂课讲下来，多少能领悟一点儿的。"

她心里一热，她从没想过改变谁，她只是希望，照耀过她的光也能照到别人身上。

他看着她，继续说："当然，有两位同学说不通，我答应补听课费。”

“余家欣呢？”她问。

“余家欣不让我补钱，就是嘟囔了几句，说沉什么默，在家沉默不行吗，来这里沉默。”

快到教室时，他忽然想起什么，说：“很惊险，教室里有个新面孔，可能觉得快结课了要来听一次，把我急坏了。”

“那怎么办啊？”

“我告诉他，谢老师生病，课暂停一次。我不放心，看着他走的。”

一下子她不知道该怎样步入教室了，不敢进去，怯怯地站在门口。他说：“我提醒过，不要过分关注你，就像做游戏嘛，成年人最该有自己的游戏了，我们一起完成一个游戏。”

起先，她有点儿不自在，往下瞄了两眼，大家都低着头，忙自己的事情，没有人注视她。看看窗外，夜色混着秋雨，迷迷蒙蒙，再看看室内，灯光下一片缄默，跟自习室的安静不一样，这安静源自于众人会意的专门的仪式。她手臂垂落，放慢呼吸，凝视着这个既奇幻又真切无比的场景，看见场景里的自己手臂垂落，放慢了呼吸。

寂静一点点加深，一点点伸展开去，深得看不见底，宽广得看不见边沿。紧绷的身体渐渐舒展，弦一根一根地松了，身体里冻僵的地方，袅袅升起热气，心底经年枯槁之处，正潺潺流过溪水，坚硬和瘀滞，软和了，散开了。她渐渐失去形迹，化进了深广无边的寂静里。

她想起有一年，在花店里遇到两枝雪柳，褐色的枝条上开着稀疏清丽的小白花。店主说只有这几天才有，她犹犹豫豫，不知怎的，没有买。第二天再去，插雪柳的瓶子空了。后来，她再没见过雪柳。此刻坐在讲台上，她真心诚意地想念两枝雪柳。

耳朵里空了，彻底空了。稍后，乐声从辽远的地方响起来。一首再熟悉不过的乐曲，她听了一遍，又听了一遍，怎么有风的声音？她细细地听，原来乐曲的末尾，有风吹过，一直都有风吹过。

两个劣质盆涎皮赖脸地现身，是买烟机时赠送的，不知不觉地，稀里糊涂地，用了好多年了。她想，每天用的东西呀，怎么就将就下去了呢。她决定明天就去买新的，质地厚实一些的，面目朴素一些的，别锃亮锃亮的跟镜子一样。

她看见寒冬天气砂锅里炖着玉竹、莲子和山药，她坐在灶台边看书，就像在煤球炉子边坐着一样。书上写什么不记得了，只记得火跟砂锅低声说了一下午心事。

无边无际的静默中，传来马的嘶叫声。照夜白的鬃毛根根直立，雪白的马身子从泛黄的纸页上隆起，肌肉在毛皮下一弹一弹的，接着马头一仰，前腿探出画纸，凌空一挣，四蹄腾空，朝着远处飞驰而去。再看看纸上，什么都没有了。

就在那个瞬间，陈飞白看见了他，随之而来的是秘密的欣喜，她确信，她辨认出了一个人，她对这个陌生人满怀着贴心的理解，满怀着相识已久的亲密感。

天元

三个人也不知道怎么就来到海边了。

何知微回想起来，先是在餐馆，点了一桌子新派粤菜，接着看电影，电影散场了去超市闲逛。逛超市的时候，他妈在每一处试吃区流连，先后品尝了固元如意膏、酸奶、牛排、红提、酱猪肘、凉拌云耳、沁州黄小米粥，她一手捏住牙签，一手擎着一次性纸杯，审时度势，动作机敏。食物被切成极小的方块，饮品也只勉强盖住杯底，但何知微还是很疑惑，怎么能吃得下呢。跟着母亲一圈圈地走，何知微没有叹息摇头，也没有不耐烦，他只觉得抱歉，一种不晓得该向谁说的模糊却广大的抱歉。带着这莫名的歉意，他张开手指伸进陈飞白的指间，很快，她温热的手指落在他的手背上，掌心紧抵着掌心。

刚接到母亲时，他向陈飞白介绍着："我妈，夏，姓夏。”他介绍得不太流畅，被介绍的人难堪地扯出一丝笑意，陈飞白有些惶惑，尽量自然地打招呼：“夏阿姨好。”

一次短暂的母子相聚，母亲随团赴港澳旅游，游完了顺便到深圳探望儿子。已经不是头一回来了，但这次不一样，何知微提前向女友透露，她是为了看看你。陈飞白笑笑，“还要面试呀？”话一出口就低下头，仿佛失言了。他听见“面试”两字，心想这可是你先提的，有心抓住机会继续说，见她懊恼又回避的样子便退缩了，再说下去也是无趣。好几回了，他刚起了个头，她就往别的话题上引，他想拽回来，拔河一样，最后变成两个人你一句我一句，各说各的了。

三人沿缓坡爬上观海台，这里地势比海平面高十几米，是望海的好地方。深秋，天高水清，海边聚集了大群水鸟。鸬鹚、白肩雕、红嘴鸥、黑脸琵鹭，何知微一一指给母亲看。陈飞白补充说：“迁徙鸟是从西伯利亚飞过来的，在这个海湾经停补充体力，最终的落脚地是澳大利亚。”何妈感叹：“真远呀，做只鸟也不容易的。”

他们准备往下走时，不远处的海边聚集起一簇人，还有警灯一闪一闪的。何妈说：“怕是有人出事了吧？溺水还是昏倒，要不要去看看呀。”说着，她自顾自加快了步子，两个人在她身后跟着，一起往闪灯的地方走。

不是人出事了，是一头抹香鲸搁浅在了海湾。它身上的渔网已被施救人员割除，据说专业人士也正赶过来，可以利用声学驱赶手段帮它游回深海。有人表示并不乐观，这种情况一般就只能等死了，不多打扰，让它安安静静地走反而更好。

鲸鱼庞大的身躯只有一小部分泡在水里，它一动不动，也没有发出任何声响，默然地受苦，这景象触目便伤怀，一下子把人心里的软弱勾了上来。

围观的人来来去去，天色渐暗，总这样看着也徒劳，出不上力，何妈提议："咱们回家吧。"

沿着栈道走到头，再拐上柏油路走几百米就是海怡苑了。一路上没人说话，快到小区门口时，陈飞白突然停下来指着地面上的花砖，说："这里也是它的海。"

何知微明白，话里的"它"是那头抹香鲸，何妈似乎也听懂了，没接话，也没多问什么。

何妈住了几天就回去了。何妈在的时候，厨房里三个燃气灶都很繁忙，推拉门上的玻璃蒙着一层蒸汽，客厅的电视一天到晚开着，屏幕一亮一亮，屋里像聚集了很多人，人烟阜盛的样子。现在只剩他俩了，陡然就静了下来。俩人如蒙大赦很是享受了几天清静，气氛也愉悦，俩人之间存在的问题像被风和日丽的好日子融化了。又过了一阵子，那道坎儿才实实在在地浮凸出来。

雪下得很大，扑在地上，地是一下子变白的。海水还没有结冰，雪落在海面上，倏地被吃进去。雪不停地往下落，漫长如时间本身的大雪最终覆盖了海水，白色一层一层积起来，冰和霜和雪凝成的纯白向四周铺展，他从没见过如此安静又如此荒凉的白色。

醒来时，窗外的雨声正变得疏落。何知微半坐起来，拨开窗帘，看到桂树的枝丫挨着玻璃，叶子经了一夜雨水，青碧青碧的，是一种湿透了的带着重量的绿色。秋天的冷雨带来潮气和寒意，他把胳膊缩回到被子里，愣怔了一会儿才想起来那是个梦。梦里，他侧躺在床上，看到雪花被风扶着，从半开着的窗户缓缓飘进来。

雨停了一会儿，又开始下。雨珠滑过叶片，沿着叶子尖滚落下去，不见了，耳边传来它们在地上摔碎的声音。接着是气味，食物的香味充盈在空气里，提醒他今天是周末，枫木餐桌上照例会摆满新鲜现做的食物。

不对，现在她不该在家里，她该在盈泰证券的会议室里面试呢。昨晚早早躺下，俩人都没睡着，他又问她，两年前你的机会很好，学历够，最难的几轮专业笔试都过了，最后就是问些程式化的问题，怎么会被挡在这一关呢？

她说：“你看看墙上，墙上落满了树枝的影子，一晃一晃的，外头在刮风。”

树影在墙上摇摇晃晃，风一大，树影就碎了。他看了一会儿，下床走到窗前拉严窗帘，说早点睡吧。他不再出声，躺着躺着，额头上那根静脉又凸起来了，从额头向上延伸到发际，接着往头发里走，走向和质感都无比分明。接着，他的头发站起来了。他不知道自己有多少根头发，但每到这样的时刻就能感受到每根头发的存在，它们跟静脉一起往上扯着头皮，头上像长出一只刺猬。

心里有事，头疼，疼着疼着睡着了，睡得并不踏实，做梦，下大雪，先是看不见路了，后来，雪把海都盖起来了。

“你没去面试？”坐在餐桌前，他忽然没了胃口。蛋挞刚端上来，烤焦的表皮下蛋浆翕动，像在喘气儿，桌上还有牛油果三明治、冒着热气的茶和一束豆绿色的桔梗花。

“坐下坐下，蛋挞，三明治，全是热的。”

“这些明天做就不行？不都下定决心了吗，跟于贝贝也说好了，等着她又要抱怨。”

“别说于贝贝了，你闻闻这壶果茶，有几层香味？”

退去水分和颜色的干果被滚烫的水重新叫醒，他辨识出树莓、蓝莓和橙皮的香气。外面，雨已经停了。他看看表，说：“还来得及，我给她打电话让她把你往后排，现在就去，赶得及。”

她站起身来，说：“于贝贝是我同学，要打也是我来打。”她走到阳台上，把手机放在耳边，很快她耸耸肩膀，他知道这是表示电话没接通。过了一会儿她不见了，他探探身子，见她已经在一盆酢浆草前蹲了下来，他一口咬掉大半个蛋挞，跟生气一样地吃起来。

她在阳台上喃喃自语，据她自己描述，这是给每盆花草打招呼，遇到特别喜欢的还会多说一会儿，到木架最边上那盆玛丽玫瑰时她就改用英语聊几句。

“电话真打了吗？”隔着窗户，他喊了一句。

“真打了，没接通。贝贝是考官，没法接电话呀。”她走进来，说，“别想了，今天不就是休息的嘛，好好吃早餐，下盘棋，再去菜市场买买菜，优哉游哉多好。”

“为了好好吃早餐，为了优哉游哉就不去面试，值得吗？”

她抚摩着餐桌上的花瓶，花瓶口浮雕着一圈梅枝，瓶腹到瓶底下凹着一道道风琴褶，她的手指沿着褶往下划，脸色也一点点暗下去。

他没再往下说，安抚性地拿出棋盘，问：“对弈还是打谱？”她把皮墩子搬过来，说：“你打谱，我在一边看。”

依然是吴清源初到日本时跟濑越宪作下的那盘考试棋，每一手都很熟悉，他摆得却很慢，俩人细细地玩味着每一手，享受着每一手。他俩都生在围棋热的年代里，从小学棋，一帮孩子谈论起“六超”来就两眼放光，死活、手筋、定式之类的辞典也钻研了不少，后来才明白，围棋不可能也不应该成为普通人皆可追逐的时髦，渐渐冷下去是对的。而他们到了这个年纪也不再执着于棋力的精进，只是单纯地喜欢下棋的感觉，只有棋，没有别的，甚至没有自己，一念不生的时刻美妙而珍贵，生活中还能让自己进入沉浸状态的事情真不多了。每次摆到黑棋往白棋那里一靠，两个人都要倒吸一口气，为如此奔放的妙手感叹，后面的呼应更加精妙，效力连绵不绝地涌过来，即使自己永远下不出这样深含韵味的着法，只要想到有棋手曾这么下过，就会生出特别的满足和喜悦来。

他忽然说："看看我们的榧木棋盘、蛤碁石，选的时候，你说一定要木榧的，棋子落下去声音才好听，要是咱俩都在公司里录文稿，只能摸着树脂棋子，在一块塑料布上摆一摆。"

今天，他怎么也沉静不下来。

她以为面试的事情已经蒙混过去了，没想到拐个弯又回来了。她不言语，他继续摆棋。她听到的落棋声，是在木头上弹了一下才落定的。棋子离开人手，立在棋盘上，温润生光，光是收敛着的，很端庄，恍若从棋子的深处向外透出来。有的光是带着响声的，这个光清净，一点儿也不闹，她想。她偏偏头，换一个角度看，柔和的光又浮荡成了一团烟气。

"你不能录一辈子文稿吧。"他坚持往下说。

她坐在一朵云的阴影里，听见雨声又响起来了。

石榴、白菜苔、莲藕、芸豆，都收进了袋子里。她不知怎么就离开了家，走着走着，走出了雨天的灰色，走在通向菜市场的小路上，满眼的甜柿、绿甘蓝、红椒、紫茄子，明艳清鲜地从塑料袋和拖轮车里露出来，这些鲜妍的颜色显得街道和人脸更加黯淡。她进了菜市场，沿着一家家摊档走过去，遇到合意的就停下来，弯下腰挑一阵子，从市场出来时，她觉得自己是把一个富丽的秋天收进了袋子。

这些应季的蔬果跟鲜花一样好看，能把他哄高兴吧，想到这里，她是笑着走进门的，边走边喊，何知微。

屋里已经空了，一种熟悉的带着凉意的孤寂感沿着脚背和小腿往上爬。每逢他出差，她一个人在家时，房子就不像房子了，像只剩一点儿残茶的杯子，从里到外冷透了，在屋里待上一会儿她的皮肤就开始发紧。

何知微走得很匆忙，取了几件衣服，衣柜门都没关严，棋子也没收起来。本该明天动身的，要前往的地方是榆林，有沙漠和古城的西北小城榆林，多年前王家卫曾在那里拍摄过《东邪西毒》。

海边的夜晚总是来得早一些，不远处就是跨海大桥，白日里刚健的桥身线条在夜色中变得混浊，直到两排灯带亮起，勾出大桥的轮廓。入夜后，海怡苑的很多扇窗子依然没有灯光透出来，俗世居家的气息很稀薄。住户大都在附近的投行和证券公司上班，他们跟何知微一样，准备操作上市的公司在哪里，人就停驻在哪里，家倒像个临时居所了。

站在窗前往外看，能看见一大片海。眼睛看不见的地方还是海，海往更远的地方伸展。海上的云朵低低的，像撑不住随时会坠进海里的样子。看着看着，雨来了，开始是稀疏的雨点，越下越稠，直到织成细密的纱幕，风刮过来，雨丝斜着往一边倒，欲断未断的样子。小区旁边的空地正在修建一个大型城市综合体，快封顶了，横幅也打出来了，红底白字的横幅拦在楼体上，被塔吊上的白光一照，上头的字迹清清楚楚。一串吉利的数字，是售楼电话，还有更醒目的加粗字体，是楼盘的名字，陈飞白看在眼里，转头看看棋盘，心像被什么东西硌了一下。

陈飞白不知道该怎么描述于贝贝。她俩一起在英国读书，又一起回国找工作，常年合租房子，很多喜好也一致，都喜欢铃木保奈美的笑容，喜欢TVB九十年代的电视剧和情侣档，郑伊健和陈松伶，罗嘉良和萱萱，可陈飞白心里又清楚，除去这些契合的部分，她们间最主要的是差异，她跟于贝贝是完全不同的两种人，哪里不同呢，这样说吧，几个人一起练网球，陈飞白不知怎么回事就被挤到了最边上，而于贝贝则是那个不知不觉就占据正中间大力挥拍的人。她们相处多年，热过，冷过，岁月蹉跎中终于把对方变成了自己的某种恶习，当然更多的时候，在这个人情淡薄的地方，她们要为彼此充当最后一个庇护所。

听脚步声就知道是于贝贝上来了，她的出现总是充满力量，让陈飞白产生出强烈的感觉：这是一个以半生牛肉为主食的人。

还没坐稳，于贝贝就连说好几个“量身定做”，“你知道吗，不是业务助理，是项目经理，聘任条件比着你定制的，你来都没来，怎么了，又怎么了？”

没等她回答，于贝贝已在房间里转了一圈，问：“小何呢？”

陈飞白说：“出差了，闹着别扭走的，落地时报了个平安，接着一周没有一个电话。”

于贝贝叹口气：“又是因为工作的事吧，别犯轴了，你好不容易才跟他凑到一块儿去，多少年了呀，人跟人结缘不易的。”

陈飞白第一次遇见何知微是九年前的盛夏，一个闷热的午后，在高三（7）班的教室，他是那场冗长的高考经验分享会仅存的记忆，所有关于他的画面她都记得清清楚楚，他说话的样子、拿笔的姿势，她都记得。她曾无数次地向于贝贝描述，鼻梁像竹野内丰，真挺呀，脸上的表情游游离离的，有一丝古意。于贝贝对“古意”表示茫然，她就换了个说法，一张少年的脸，眼神却是沧桑的，像在发愁又不是为什么具体的事情发愁。于贝贝只好点点头，佯作理解。那天介绍完经验，班主任笔墨伺候，其他几个人都写下劝学惜时的字句，只有他例外。她一直盯着他看，写“长恨此身非我有，何时忘却营营”时，他拧着的眉头间全是愁苦，写到“小舟从此逝，江海寄余生”，随着笔毫在纸上提按运转，他整个人突然就舒展了。就在那个瞬间，陈飞白看见了他，随之而来的是秘密的欣喜，她确信，她辨认出了一个人，她对这个陌生人满怀着贴心的理解，满怀着相识已久的亲密感。气氛压抑的教室里，老师同学都消失了，只剩下她和她辨认出来的这个人，她觉得他特别不容易，她想对他好一点儿。

何谓爱情，她说不清楚。那天回到家里，她对妈妈说：“给我买一条新毛巾吧。”她想要一条天蓝色的崭新的擦脸毛巾，不但如此，还打算以后要经常换洗毛巾。接着她走进自己的房间，把衣柜里的连衣裙拿出来，穿上，照镜子，再换一条穿上，照镜子。她把裙子细细整理了一遍，动作里都是爱惜，她心里忽然涌起一股强烈的冲动，想好好地、认认真真地生活。挂好衣裙，她往院子里看了一眼，发现菜圃里妈妈蔓下的种子已经出苗，小油菜、芫荽、茼蒿，翠生生的，像刚淋过一场透雨。晚上，趴在桌子上做数学试卷，最后一道题照例只能写出前几步，发一会儿呆，在演算纸上写下了几行字，很多年以后她才意识到，那几行字到底是什么。

后来的事情，于贝贝就是见证人了。异国的一次留学生联谊会上，于贝贝突然发现陈飞白不见了，她去厕所时看到一个人在楼梯间附近来回地走，手里擎着一杯长岛冰茶。借着昏黄的灯光她认出来，正是不见了的女伴陈飞白。哪里的中国人都多，何知微竟然也在考文垂读书。于贝贝很兴奋，赶紧走近仔细端详了几眼，发现此男并无让人一见倾心的特别魅力，也看不出哪里有“古意”。接着，于贝贝把神情慌乱的陈飞白拉回到场子上，不料她使劲看了何知微一眼，又走了，盯着她的背影，于贝贝脑子里一下子蹦出来一个词，劫数。

于贝贝的一句感叹，把俩人都拉回到往事中。

半天，陈飞白才说：“是，他觉得我不该再打杂。”

“我也觉得你亏了，最低级的劳动，业务链条上最末的那一环，工作最烦琐，年终奖最少。咱俩一起毕业一起去面试，我到现在也不知道你是怎么被咔嚓掉的。”于贝贝边说边比画着。

“你问问人力资源的同事不就完了。”

“都是大忙人，谁记得这个。”

“我更不知道为什么了。”

于贝贝凑过来，说：“眼看就要修成正果，老为这个吵架，值得吗？”

她猛然抬起头来，上周末，下着雨的那一天，何知微也问过她，为了优哉游哉的早餐就不去面试，值得吗？当时她想表个态：早餐比较重要。虽是真心话，说出来却像抬扛，到底忍着没说。

她摆摆手：“大于，别替我操心了。”

话不投机，俩人都讪讪的，强打精神温习了些旧事，其间没有一次对视，笑声干涩，笑完沉默很久。总算挨过晚饭，于贝贝起身走了。

空屋子。打开窗子，海的腥味扑面而来。那头搁浅的抹香鲸最终没能回到深海，它彷徨游弋了几日，在深夜和凌晨交界的时分，庞大的身躯侧翻，死去。

远处是海，脚下也曾是海。一寸寸填出来的土地上，很快生长起楼盘、体育场和造型充满未来感的写字楼，一点儿也看不出本来的模样了。潮湿的季节里，空气中蓄满水分时，她突然问过何知微：“过年的时候，我老家有接神的风俗，死去的人会在这一天回到家里，死了的海呢，是不是在某些时候，海也会回来？”何知微一愣，沉一会儿，他说：“会回来，回来过，我做梦总是梦见海。咱们的楼，还有旁边那些建筑，都是在海里漂浮着的。”

她拿起手机，又放下来。她想念何知微，不是对父母或朋友的那种想念，是女人对男人的最纯正的思念。这一周太漫长了，一夜，一天，一夜，一天，一夜，一天，一夜，一天，一夜，一天，一夜，一天，一夜，一天，每一刻都无法集中精神，只能做一些机械的事情。时间多出来了。她把洗衣机里的衣服拿出来，一件一件地手洗，这样多出来的时间就能被她揉搓过去了。这跟赌气或示弱没关系，不是计较谁先忍不住跟对方联系，而是根本不知道说什么好，工作的事情把人噎住了。情绪不稳定的时候，她也不想跟他联系，她怕自己絮絮叨叨地说很多话，说出来的每句话都是蠢话，最蠢的女人才会说的那种话。她也害怕，害怕他会动用两个词语指责她，那两个词，一个是神经，一个是无聊。

并没机会互相指责，出差回来后，何知微就住公司里。在榆林的时候，于贝贝给他通风报信了，说上次招聘有几个职位没招到合适的人选，飞白还有机会。她说你想想办法，我也想想办法，合力让她走上正途。乍一听到“正途”这个词，何知微心里有点不舒服，嘴上却答应着，说再想想办法吧。

这几天，他以加班为名，白天晚上都驻留在办公室里。办公桌上有一盆四季海棠，一盆石竹花，一盏铸铁台灯，看见这几样东西，他整个人就会松弛下来。

记得是个午后，他去茶水间接咖啡，前面一个女同事正在接，他便在后面等。女同事穿了一条裙摆到小腿肚的连衣裙，两条宽宽的带子在腰后系成一个蝴蝶结，他很多年没见过这种样式了，记得小时候流行过一阵，后来不兴了，现在又见到就觉得很亲切，好像这蝴蝶结里系着些邈远模糊的旧情。女同事接好了回过身来，他随即听到一声惊叫，女同事捂着嘴，脸一下红了，呆站在原地一动不动。他一时也不知道该说什么好，他注意到，她的耳轮都是红的，红了整整一圈。接着女孩转回身去，放下杯子，快步离开。他接完咖啡回到房间里，时不时朝着茶水间方向张望一下，过了一会儿，见女孩低着头取走了杯子，他的视线跟随着她，看着她坐下，忽地，看见了她座位上的花，细颈白瓷瓶，一枝山茶斜倚着瓶口。再看看别人桌上，一盆盆绿萝，没有花也没有铸铁台灯。他打开台灯，灯光不是冷白色的，是蜂蜜色的暖光，轻轻软软地照着办公桌。他心里一下子亮了，女孩的神情，海棠花，石竹花，台灯，他再迟钝也知道这意味着什么。下班时他特意从女孩座位前经过，她不在，他放慢脚步，眼睛往桌上瞅，除了高耸的文件夹，电话旁边放了一摞书，最上面那本，封面他看得很清楚，是《荒原》。

因为不在一个项目组，过了两天他才打听到，那女孩是个业务助理。接下来总是出差，手上有三个项目同时在跟，忙得心烦意乱时，她脸红的样子还是会猛然闪现出来，一圈耳轮都是红的。

后来，年会之夜的尾声照例有人喝哭了，他也去卫生间吐完了，几乎爬行着来到露台，倚着栏杆坐下。某个瞬间，他感觉自己快要死了，他记得自己不停地说话，嘴里嘟囔着，想吃点甜东西，白糖拌西红柿，多放点白糖，渍出来的汁最好喝。他双手伸向空中，想抓住什么似的乱抓一气。

他的手被人紧紧握住，睁开眼睛，眼前站着一个穿红裙子的人，脸看不清楚，那团红色却鲜明，像是用红浆果的汁液刚刚染就的，红得湿漉漉的，把周围的空气也洇成鲜红色了。“我叫陈飞白。九年前，你来高三（7）班分享高考经验，我第一次见到你。四年前，在英国，联谊会上我又见到你，斗争半天想跟你说话的时候，你已经走了。两年前，我来卓盛证券工作，第三天上班的早晨，你从会议室里走出来。一个月前，我在茶水间接了杯咖啡，转过头来，看见了你。”

这些话他听不明白，只感觉有一双手把他从寒冷的井底拉出来，手很暖和，也很坚定，传递了明确的信息，抓住了他就不会放开。第二天，在海怡苑的枫木餐桌旁，他像听故事一样听她讲，她讲完了，他半天说不出话来，他完全不知道她的存在，也不知道该说什么去回应，最后，他说：“这，这太古典了。”想了想又加上一句，“你受苦了。”

她说：“回头看，不记得苦，只记得自己是在活着，能量充沛地活着，也不一定非要认识你，想到世界上有这个人就已经很感激了。有些阶段会比较热烈，间歇性到来，于是就如痴如醉地、偷偷地、尽情地想一个人，想着想着还会笑，夜里就盼着第二天早晨醒来，醒来想到你的一瞬间也会笑，多幸福呀。”

他问：“那现在呢？”

她笑着回答：“朝闻道，夕死可矣。”

他一点儿也不觉得浮夸，他相信她这一刻的真实、郑重和笃定，爱让一个人变得多单纯，多孩子气。在这样一个人面前，他所有的疑问都显得俗气和老气，都根本问不出来，比如说，你了解我吗，你心里的我是亦真亦幻的吧，比如说，爱一般能持续多久。他甚至不敢露出太丰富的表情，怕她觉得是质疑和嘲讽。她能爱，他羡慕她。他知道，眼前这个人是英勇的、充满生命热情的，若无一股愚勇，若不十足轻信，都这个年纪了，谁又肯爱上谁呢？

他一个人惯了，也没觉得有什么不好。慢慢地，才开始去她租住的小屋，两个人一起吃饭，喝茶，闲聊，看美剧。她的房间是自己买墙漆粉刷的，海蓝色，一进去就感觉干净清凉。她很少叫外卖快餐，只要不加班到深夜就自己做饭。虽是家常菜，做法却精细，不怕麻烦，不图省事儿。哪怕下面条也要配几种菜码儿，冰箱里常备着卤牛肉和肉丁炸酱，哪怕做个土豆丝也要淘洗干净淀粉，配着红绿尖椒丝一起炒。她做的荤菜肉腥气很淡，格外美味，并不是买了什么高档有机肉，他注意了一下，只要是肉类，排骨、肉片、鸡块，她都先用温水浸泡几遍，把血水倒掉，再用流水冲，沥干，用姜葱和黄酒煨半个小时才下锅炒。他发现她居然有一个电熨斗，洗好的衣服穿之前先熨烫一遍。她租住的房子楼间距不大，一天中阳光照进阳台也就一两个钟头，只要是棉质衣服她都坚持去顶楼天台晒。有时预报的不下雨，不料一朵云不作美就把衣服淋湿了，下班回来她就再把衣服洗一遍，送回天台，她说："阳光是不用钱的，只要你愿意走上开阔的顶楼。"她的衣服还没有他的多，但都平平整整，衬衣没褶子不显旧，裤子膝盖那里没有鼓起来。也许是屋子小，他总觉得屋里的光和热是充盈的。有一天，她抱着一堆散发着阳光味儿的衣服走进来，把一件衬衣放在熨衣板上，喷水，领子放平，提着手柄，微微倾斜熨斗，用熨斗尖细致地熨过去。看她熨衣服的样子，突地一个念头升起来，越来越清晰，他想跟她一起过日子，过体体面面的日子。两人商量了一阵，差不多时，很自然地，他就把她的东西搬到海怡苑去了。

此刻，他打开台灯，蜂蜜色灯光让工作的空间都变温柔了，空气里多了几分安静的味道。他拨开百叶窗帘的扇叶，透过缝隙往她卡座上张望，她没在电脑前坐着，她的桌上有壶茶，用蜡烛保着温，小蜡烛的火苗紧舔着壶底，看不清壶里泡着什么，颜色浓浓的色调很暖。他在办公室里晃荡了几步，又往外看，她依然不在。

只好坐下来继续工作，榆林的项目照例也很棘手，公司的社保公积金缴纳有问题，历次股权转让也不规范。会议纪要里列出来六个问题，都得艰难地推进解决。一家公司上市需经很多关卡，而券商能提供一条道路，你付给我钱，我让你在这里通过。行业不好看没关系，数据不好看也不怕，都可以做得健康红润且全部踩着规则做。这会儿他的心思不在项目上，一会儿坐下，一会儿站起来。

她终于出现了。弓着腰，拖着一个大纸箱子，往座位上一点点移动。他几步走到门口，一只脚踏出去了，又缩回来。他多想走过去，帮她把箱子搬到座位上，他几乎都要走过去了，可看着她辛苦的样子，于贝贝所说的“正途”一下子就浮现出来了。一个项目从开始启动到最后做上市，她要把七八个大纸箱的资料分类筛选，再整理成电子目录和文稿，这不知道要加多少个夜班。他强忍着，退回到办公室里。

关严门，他马上打电话给于贝贝：“在英国时你俩是同学，现在你在盈泰都单独主持项目了，她怎么就沦落成打字员了，那时到底发生了什么事？”

“你又问？你问我我问谁，我不知道。”于贝贝说，“我俩都进了最后‘一面’，嗐，最后‘一面’就是走走形式，她硬是没被录用。后来看到你们公司缺助理，其实就是缺勤杂人员，不用面试，她投了份简历就去上班了。”

他说：“辛辛苦苦上这么多年学，哪有干杂活的，还干得那么用心，总不可能是她的兴趣所在吧？她琢磨什么呢，我想不通。”

于贝贝说：“先别回家住，也别松口，再坚持几天，让她知道你的态度。”

他说：“本来想回家，不提这事了，今天看见她辛苦的样子又替她不值。逃避不了，终归要解决。我过两天还去榆林，你有空再跟她谈谈。”

于贝贝说：“有电话进来，先这样吧。”

到底是真接电话还是借故推辞，他无从辨别。看样子于贝贝也是有心无力，他又暗暗抱着点希望，希望下一次从榆林回来时，于贝贝已经说通了她。

加完班已是午夜，他走出办公室，外头几排卡座都没人了，灯也熄了。他径直来到陈飞白的座位前，在黑暗中站了一会儿，又坐下去，坐在她的转椅上，就这么坐着。

不知坐了多久，依然没有困意，他拧开台灯，照亮这方格子间。她的格子间跟别人的不一样。桌上每样东西都未被怠慢，没有乱摊乱放，几十个文件夹按时间顺序排好，笔、便签、曲别针、订书机分别收纳，一目了然。大小物件都无浮灰，经常擦拭的样子。电脑左边放着护手霜、相框、彼得兔和樱木花道的玩偶，一个细颈白瓷瓶插着雪柳枝，线条很婀娜。桌子角落是一壶一杯一底座，几个玻璃罐里盛着茉莉、白菊、竹叶、金雀花，还有一摞书，靠边整齐码放着。他把书依次拿起来翻了翻，翻到最后一本时，里面夹着一沓纸，对折着，纸很轻，触摸有植物纤维的感觉，展开来，纸张是淡青色的，上面飘雪一样撒着些金片。

这是他第一次见到陈飞白的笔迹。

迟

九岁那年，冬天
后山桃林里捡到几根半枯的桃树枝
沿山路往下走
见几株野杏，一间老屋
木窗朽坏，门半开
蛛网积尘，墙角歪着陶罐
掬来溪水随手插上桃枝，下了山
一百三十七天后
隔年的春末
山中春意，最后的滂沱

我无意中推门而入
眼睛被晃了一下
老屋里真亮呀
桃叶嫩绿，桃花浩荡，像在
等人
清水里的桃花
每一片花瓣都伸长脖子喊一个名字
我推开门就开始怪自己
怪自己来迟，来得太迟
数一数一百三十七天，这一百多天里
山中流连多次，放学后，假日里，下雨的时候
空气清甜
蘑菇一眨眼就长高

我来迟了
何知微

念到最后，是自己的名字。名字旁边，纸的右下角，印着一枝粉白的桃花，摸上去似乎软软的，还湿润着。他又默读了一遍，“诗”这个字眼才浮现出来。他一时有些惊讶，因为小时候学棋陈飞白身上是有股静气的，没想到她还偷偷写诗。

他小心地往下翻，发现纸笺右下角的图案都不同，一丛墨竹，再往下一张印的是梅花，还有一种藕色的叫不出名字的花。墨竹和梅花的纸笺上也有字迹，他深吸一口气，准备接着往下读。

靠窗的一排卡座传来咳嗽声，是睡梦中咳嗽的声音，也许，咳着咳着就该醒来了。他折好纸笺，放回书里，合上书，关台灯，离开了集中办公区。

陈飞白提前一天买好舟山带鱼，洗干净切成小段，控干水分，放冰箱里腌制一晚才拿出来干煎。这是于贝贝最爱吃的一道菜。虽是家常食物却急不得，该花的时间要花，该有的工序一道也不能省，做出来才是那个味儿。煎完带鱼，尝一块，酥脆入味，她满意地点点头，接着炒藜蒿腊肉和青豆虾仁，凉菜是西芹花生米，砂锅里滚着红豆茯苓粥，这个季节正好去湿气。不管于贝贝为何而来，两人聚在一起越来越不容易，这顿饭吃什么她在心里是专门计划过的，以前时间充裕时，她还做过松鼠鱼和蒸碗小酥肉，一步一步来，也不觉得麻烦。

于贝贝看见干煎带鱼就笑，跟不好意思似的，她吸吸鼻子，说："干煎比软炸好，刺儿都酥了，真香啊。"她幸福地耸耸肩。吃得差不多时，她才动情地讲述起"烧鹅的故事"。

那会儿她们毕业回国在深圳找工作，周末结伴去香港，打算镛记烧鹅、Lady M、蛇王芬、COVA、新斗记一路吃过去，第一站直奔镛记烧鹅，兴冲冲打开菜单，即刻被吓傻，从头翻到尾又从尾翻到头，一道菜也不敢点，挣扎良久，还是一脸窘相地站起来，跑路了。毕竟一起拮据过窘迫过，每当两个人的友谊经受考验时，烧鹅的故事都要被讲述一遍，最后还要加上一句，其实也不太贵嘛。

陈飞白没跟着她抒情，说："烧鹅的故事也没用，何知微不回家，肯定跟你有关系。"

"我们不能眼睁睁看着你误入歧途。就算不谈钱不谈收入，把一个公司做上市也总比你打打字有价值感吧。"于贝贝说。

陈飞白站起来收碗筷，边往厨房走边说："不用再劝我了，真不想再被面试了，题目过不了。"

于贝贝歪着头："什么题目，我都不记得啦，大概就是谈谈期望薪酬吧。"

只剩下水流的声音，陈飞白在刷洗餐具。于贝贝走到门口，说："飞白，尽快把工作调整到位，下半年你们就可以办婚礼了。"她语气里充满紧迫感。

陈飞白回过头来："是小何说的吗，要把工作调整到位？怎样才算到位？"

“他不是图你那点工资，是为你惋惜。你爸妈供你出国读书，不是为了让你回来做打字员的，好歹要有个职业规划。”

“这话我听过很多遍了，还有别的吗？”她把百洁布丢在水槽里，水珠四下溅出来。空气凉了。

“别人我才懒得管呢。”于贝贝走进厨房，“我为你着急呀，你没享受到实在的好处。多少人，稍微一不得志就急出各种丑态，你怎么就不急呢？你也知道，咱学这专业挺运气的，要不是亲戚懂行，自己哪有这个远见，真是赶上了，撞大运。”

她当然知道。很多人的境遇，跟努不努力没什么关系。回头看，学什么专业，哪一年买房，竟然都跟机遇甚至命运等词语联系在一起，染上了些宿命的味道。好像再容不得随意和踌躇了，一不小心就会跌落，再转身，时过境迁，连一点儿修正的机会都没有的。

“你歇着吧，以前也是你做饭我洗碗。”于贝贝用肩膀一抗，挤开了她。

最近这几个月两个人的交流模式变得单调重复，会面，吃饭，劝说，抵抗，了无新意，挺亲近的两个人，越来越疏远，像隔了一层什么似的。工作这事本来谁也没放在心上，时间长了，事情就有点变味道，渐渐形成对峙之态，似乎是为了捍卫各自价值而刻意较劲儿了。一个蓄势待发，另一个早有防备，每次见面都不太自然。以前想到跟于贝贝吃饭聊天，她打心眼里高兴，关系恒温的朋友在一起多舒服呀，现在接电话心里都发怵，别说见面了。茶几上，棋盘一直没收，她翻开棋谱，从那天何知微停住的地方继续往下摆，直到光线隐没夜色合围，子儿都看不清了，她才从棋局中把自己拔出来。慢慢抬起头，哪还有于贝贝的人影，她又是孤身一人了。缓缓神，她记起来，于贝贝看她摆了一会儿棋，临走时说："我只是希望你活得值，又不是不能，你唾手可得呀。"

她拨通何知微的电话，何知微接得太快了，她看见秒数一跳一跳的，才意识到已经接通了。

"你好吗？"他的声音很急切，好像这个电话是他打给她的。

他接得那样快，是一直在等她的电话吧。听见他的呼吸声，心一下就踏实了，鼻子却酸酸胀胀的，她说："我不好，你知道。"她只想跟他一起坐着，不用说话，一句话也不用说，就并肩坐着。他们之间，隔着两千多公里路，隔着黑夜笼罩下的无数个州府。

她有多少想念，他就有多少。想一个人，竟然能想得热血沸腾，火苗猛地蹿起来，比人还高，浑身上下都是灼烧感。他总算知道动情的滋味了，爱意突然上涌，瞬间直达顶峰，很强烈也很贪婪，仿佛这就是这辈子最后的爱了。原来爱是有颜色的，最正的浓得往下滴的红色，爱也是有声音的，是冷水浇在刚刚烧干的锅上，激出的那种尖锐响声。原来不管持续一分钟、几个月还是许多年，爱情都是一种势必的、纯粹的、极致的发生，根本由不得人。既能称得上爱情的，便是明知它会来也必会消失却依然愿意全身心经历的，便是多少带着点沉水入火、自取灭亡的决然和勇猛的。他当然有过情史，前后跟几个女孩交往，感受到的是无可无不可的犹疑，是随时可以抽身的淡漠，彼此间没有黏性，没有火星噼里啪啦，她试一试，他也试一试，双方的姿态都太轻盈飘逸了。他从没见过她们脸红，没见过她们热烈迷乱的样子，当然他也不投入，若失去对方并不觉得害怕，也不会觉得万般不舍。他不会在想起她们的一刻，柔情在胸口翻涌，喜悦感激中又掺杂着无以名状的悲伤。这几天，他每晚都不关机，也不调静音，生怕接不到她的电话，手机响看到不是她的名字，心就被失望塞满了。他回忆她认真做的每一道菜，想看一眼她干干净净的办公桌，她的桌子是甜的，像一块撒满白糖的方糕，也是散发出尊严感的，尊严，不知道为什么他猛然想到了这个很少想到的陌生的词语。

“明天我回去，不管这边有什么事，不管了，明天我就回家。”

他一句话也不说，就只是抱着她。他收紧胳膊，再收紧胳膊，直到一个激烈的拥抱耗尽了他的全部力气。

他说：“太难熬了，每一晚都太长了。我只想搂着你，接触你的皮肤，听见你的呼吸。你该早点让我知道的，在我更年轻的时候。现在，我怕我爱不好你，爱不动你。”

她说：“我一点儿也不在乎这是你二十岁的身体，还是五十岁的身体。我只是觉得自己不够好，不够年轻，我现在不是二十岁了，要是二十岁该有多好。”

她擎起双手，捧住他的脸，缓缓地，从额头看到眉毛，从眉毛看到眼睛，停住了，她的眼睛凝视他的眼睛，他的眼睛凝视她的眼睛，笑脸对着笑脸，他先闭上，她跟着闭上，额头抵着额头。

她盯着他闭上的眼睛又看了一会儿，接着，她认认真真地往下看，一点儿也不着急地看，每一眼都很深，鼻梁、嘴唇、下巴。她的手顺着他的两腮滑到脖子上，手指在他脖子后面交叉。

他睁开眼睛，说：“昨晚又梦见下大雪了，梦里有个人在两扇黑色的大门前站着，那个人的脸我还记得，就是我自己，还有一个人在路对面，是你。昨晚咱们就在同一场雪中了。”

“咱俩说话了吗？说的什么？”

“没说话，也没走近，好像都舍不得踩路上的雪，就隔着一条路各自站着。”

“站了多久？”

“一直到闹钟响。登了机接着睡，还是那个梦，还是那个很安静的场景。”

“我知道，梦也能接着做。好在是没有情节的梦，不累人。”

“不累。你下午也别去上班了，我们在家里什么都不做就一起待着，待到天明。”

“天明了呢，又得走。”他焦灼起来，这点相处时间太宝贵，想到在睡眠中度过就觉得浪费了，转头看到棋盘便说，“下棋也行，几盘棋天就亮了。”

陈飞白点点头，接着指指外面，说：“旁边的楼封顶了，脚手架拆了，横幅和LED也挂上去了，叫‘天元’。”

“天元？”何知微走到窗前，看到一道巨大的横幅拦在楼体上。一团云在天上飞快地走着，匆匆掠过“天元”二字。

他说：“这名字还算文气，比常见的那些楼盘名好。”

她摇摇头，说：“不好，什么都敢叫。”她走到棋盘前，指着棋盘正中央的黑点，说：“天元在这里呢。”

“地产的名头，不是假洋鬼子就是蹩脚古风，这壹号那壹号，还有浪琴海，至少见过十几个浪琴海了，我倒觉得‘天元’不算差。”

陈飞白还是摇头，说：“这里建成后是城市地标，以后的小孩子不知道围棋正中央的星位是天元，不知道吴清源跟本因坊秀策下棋，前三手是三三、星、天元。他们膜拜天元，因为对他们来说天元这个词的含义就是中心地段的豪宅。想到这个，我心里就很难受。”

“你猜，接下来会是什么广告词？”她问。

他脑海里闪过一个个巨型广告牌，一根钢柱支起三面招牌，矗立在快速路两侧，车辆一路疾驰，招牌一块块扎到眼睛里来，“独占大湖”“先生的海”“成为森林城堡的主人”“私享家的景观资源”“少数人的美宅，所有人的梦想”“名校环伺，尊荣世袭”……他没有刻意关注过这些宣传牌，此时说到广告词才发现有些字句不知不觉间已刻在了脑子里，忘都忘不了。细细琢磨起来，他觉得有些不对头，境遇不好的穷苦人每天看着，心里会是什么滋味呢，也许不往心里去吧，大家早已认同，世界就是这样的了。

想到这里，他说：“既然用这个名字，就要在中心上做文章，广告词？呼唤全球富豪，进驻宇宙中心，再加上几句双地铁、CBD、综合体什么的，也就这些陈词滥调。”

“天元，中心，”她念叨了几声，“围棋，围棋呀，哪能硬扯过来这么用？”在她心里围棋太神圣了，最早让她意识到自己渺小和有限的，就是围棋。极简的规则下，难以穷尽的繁复变化，让人入迷的同时也让人产生无力感，入门难，入了门更难，即使有充足时间和充沛精力，毕生专门钻研也未必能窥得神机奥妙，每多了解一分，除了喜悦，更会暗自心惊更加敬畏，越发觉出19路棋盘是幽深无底的洞穴，也是浩渺无垠的星空。多少年了，诸神的传奇一个比一个绚烂，下法上还能不断地超越拔升，永远不要说对它的认知已足够，它通往无尽，而你只能抵达属于你的高度。每次面对围棋，就像面对无垠宇宙，她想的东西就辽远了，开阔了，不再是自己眼前的这点事。

他说："不关咱俩的事，我们在这里头头是道，其实什么问题也解决不了，别操这份心了，不如谈几局吧。"她还想继续说，觉察到他并不想往下讨论，就点点头坐在了棋盘前。两人都没再说话，下棋就是最好的聊天了。一直手谈到傍晚，陈飞白下了一锅面条，配茄子肉丁和青椒鸡蛋，吃完了，两人又坐回到棋盘前。

第一局，陈飞白取势，棋都走在外边，下到中盘，感觉他的实空领先太多，自己的外势能围出来多少心里没底，要不要先做点实空追一追？正在犹豫的时候，他竟然对左边一块孤棋动手了，这块棋有问题吗？没有啊，刚才看过：虎一步是先手，然后托一下就渡过了，死不了的。糟糕，虎一步不是先手，他完全可以不应，漏算了。怎么办，能做活吗？空间太小，最好的走法也只是一个后手眼。断下他旁边的棋杀气？不行，气差得太远。逃跑，看不到出路，就算勉强逃出去，被他追杀的时候，自己的大模样也会烟消云散。她稳住心神，看看全局，思路干脆变了，何必纠结这一块的死活，就算这块被吃了，只要封住他的棋把自己右边的空围起来，局面未必差。她不断借用没被吃干净的这块棋，把他的棋封在里面，他看出了她的意图，但如果不吃下这块棋，自己的棋就变得七零八落了，也没法再下，只好跟着应，看着她把空围了起来，她的实空已经领先，后面的棋，他左右腾挪，她小心应对，他始终也没占上风，这局，陈飞白赢。

接下来一局，陈飞白下得有些心不在焉，到中盘粗略判断了一下形势，感觉后面不太好下了，布局好像中规中矩没犯什么错，怎么局面就差了呢？啪，何知微落子，直接打入。她寻思着，直接吃棋，还是缠绕攻击顺手把他的空也破了？直接吃的话有把握吗？要仔细算算才行。后边的变化似乎挺复杂，她算了算，也没算清楚，不想了，直接动手吧。她封住了出路，没想到他也不急着做活，应了几手就脱先了，打入的棋子不要了？她在二路走了一手破坏眼位，这块死定了吧？但他仍没顾这块棋，走了其他地方，他脱先的这两手涨了不少目，不过被吃掉这一块目数也不少啊，她又补了一手把这块棋吃干净了。她捻着棋子，忽然觉出不妙来，自己的棋有个断。他打入的棋子本来就没想要，而是瞄着这个断。果然，他直接断掉了。她收了几步官子发现不够，就认了输。

“累吗？”何知微问。

“不累，下棋就是休息。”

他俩下棋，心境上很纯粹了，在乎的不是输赢，也不像小时候，一上来就大杀大砍的，不管胜负，下一盘好棋最重要。下完一盘棋，醒过神来，跟过了半辈子一样，那种充实和满足的感觉特别好。

她站起来活动一下身体，说：“你从外地跑回来，我也没去上班，好好下了几盘棋，好久没这么痛快了，就是，嗯，有件事我早就想做了，能陪我一起吗？”

何知微也来了兴致：“说吧什么事，今天我陪你，做什么我都陪着你。”

“你等着，我去换件喜欢的衣服。”

她穿着一条很正式的黑色连衣裙出来，冲他笑笑，抻着裙摆原地转了个圈，接着又走进卧室，从柜子里取出一个双肩背包，她看看墙上的表，说：“时间正好，咱们走，何先生。”

刚走进电梯她又把他拉出来，说：“先别下去，忘东西啦。”她再走出来时，他看见她戴上了墨镜，手里还拿着他的墨镜和棒球帽。

他夸张地笑起来，没说话，意思却到了，你到底想干什么？

她走在前面，他紧紧跟着，走了两三百米来到地铁四号线的入口，他问：“现在坐地铁，去哪里？”她说：“跟我来吧。”

差不多是末班车了，车厢里空空荡荡的。走到车厢中部，陈飞白指着一个广告镜框说："我每天上下班都能看到它。"

他看着镜框，是地铁公司自己的广告，主体画面是一个围棋盘，地铁的数条线路在棋盘上纵横交错，用黑白子表示站点，一只从西装袖口里伸出来的大手拈着黑子，正准备放在棋盘上。棋盘上方，是四个红红的大字，"一步制胜"，旁边还有一溜儿字，"登上地铁媒体快车"。

她凑到他耳边说："一步制胜，这值得宣扬吗，下棋能一步制胜吗？再说，胜真的那么重要吗，大竹英雄宁可输棋也不走愚形呢。"

他想起了那些绵延数月、意味悠长的著名棋局，也想起了大竹摆出过的无比俊逸的棋形。棋盘上不光是死活胜负，还有经纬、四季、阴阳。他知道她要做什么了。他左右看了看，没有人，他想用身体挡住她，他更想替她把这件事做了，出什么问题都由他兜底，全身肌肉却有些紧绷，还没迈开步子，她已麻利地摘下镜框，塞在了背包里，说："下一站，我们就下车。"

只坐出来一站，两人沿着路往回走。路两边楼宇强壮高大，衬得人很矮小，两人一路走着像穿过一道山间的峡谷。

她说："一天客流过百万，不管你愿不愿意每天都要看见'一步制胜'，强迫你看见和记住，慢慢地也就认同了，还以为是自己的想法。"

"地铁跟水流一样，你摘下这趟车的，还有其他的车其他的线路。”他还想说她幼稚，说她义愤太多，话到嘴边硬咽下去了。

她说：“说不定除了我，还有别的人也想摘下来。”

“无用功，什么也改变不了，地铁公司很快就补回去了。”

“补回去，也可以再被人摘下来。”

就像小时候做成了件逾矩冒险的事情一样，两人都很欢跃。有好几次他想趁着这欢欢喜喜的劲儿，把面试的话头挑起来，说不定这会儿她不躲藏呢，想来想去，还是更珍惜这个晚上，怕一句话就破坏了气氛，几番思量终究没说出口。

在岔路口，两人停住脚步，直走是家，转弯的那条路通向海。两人对视一眼，转身向着大海走去。

一弯瘦月似古时候的月亮，月光下的海像古时候的海。他们并肩坐在一块礁石上，看着夜，看着海，看着夜和海融在了一起，混合出了让人百感交集的时间感。这一切，都像是前工业时代才可能有的景象。

小舟从此逝，江海寄余生。

她说：“还记得吗，你在教室里写的那幅字，苏轼的《临江仙》。”

“记得，写得不好。咱们那时候的孩子嘛，都一窝蜂学毛笔字，就知道个颜体柳体，太粗陋了。”

“好不好我不知道，我一直记得你写字的样子，写‘长恨此身非我有，何时忘却营营’时，你是个老人，写到最后一句，又年轻了。心里埋着什么事吗？”

他愣了一下，说：“没深想过。上学，上班，这些年活得也算好。”

“喜欢你现在的工作？足以安身立命？”

“安身立命，大词，太空洞了。”他说。他是个话不多的人，看起来沉稳，叫人放心。酒局上当一种奢靡放纵的气氛开始弥漫，人和人突然变得亲密时，他才会很膨胀地指点那些做实业的小老板，要有金融思维，上市之前做产品，累死累活，上市之后，找好企业并购就有赚不完的钱了。

从小到大，他经常收到一个评价：你是个很理性的人。现在想起来，竟有些厌倦这个评价了。去喝酒？大醉一场？他坐在石头上，想象着醉酒后披头散发、载歌载舞的场景。

“那幅字被班主任收起来了，也没装裱，八成是扔了，能再写一幅吗？”她问。

他回过神来说：“多少年没写字了，手早就生了，一时也找不到笔墨。”

他心里想的是，如果现在手头有纸笔，就抄录《迟》那首诗，还有没读成的两首，写在墨竹纸笺和梅花纸笺上的。海风带着些凉意吹拂过来，身上穿的是她在顶楼上晒干又熨过的衬衣，看上去没什么特别的，但穿着的感觉不一样，花了时间和心思的东西，让人觉得庄重，让人打心眼里爱惜。

他爱惜跟她有关的一切。他突然有些担心，万一，他和她，把话都说完了该怎么办？会有没话说的那一天吗？不敢深想，只能珍视此刻，想着既有此刻，也不算白活了。

她的头歪在他肩膀上，他手臂弯成半圆，把她圈进来。月色清明，海风湿润，涛声一声比一声长，不知道过了多久，她打破沉默，明天你还要去榆林，回家睡一会儿吧。

他说："要是能在这儿坐一晚，等着天明就好了。"说着他站起身来，把她也拉了起来。

第二天，闹钟还没响，他自己醒了。爬起来，带上卧室的门，轻手轻脚走到客厅，一看表，才五点钟，现在去机场太早了。他泡了一壶红茶，热了两片面包，吃完简单的早餐，把证件检查几遍，外头天色还是灰蒙蒙的。他两手环住茶杯，站在阳台上往小区里望，小区中央栽着一棵大菩提树，步道两侧是灌木带，错落着金叶女贞、矮紫樱、冬青、扶桑、朱瑾，西北角上是几棵黄花风铃木和桃树，还不到开花的时节，远看枝干有些秃。

看见桃树，他心念一动，有地方去了。

走进公司大堂时还不到六点半，上楼，整个大平层空无一人，灯亮的一刹那，长夜积聚起的寂静似乎愣怔了一下，缓了缓，才从敞开的门扇里消散而去。他坐到陈飞白的转椅上，轻轻翻开书，静静地看了一会儿纸笺，然后一手托着，一手展平。桃花那一页下面，是印着墨竹的一页，再下面是印着一丛梅花。他把梅花纸抽出来，一打眼看到题目，就呆住了。

夏清煦

傍晚，夏清煦从街市的一头走过来
走近时
人们看见她菜篮子里斜插着三枝粉百合
还有几种面目模糊的菜
忘了哪一天了
夏清煦自己也不知道是哪一天
她从街市的一头走过来
菜篮子里是莴苣、扁豆和南瓜
还有一大块深褐色的咸菜
再后来，没人叫她夏清煦了
窗口办事人员大声呼叫她的全名时
她脸上会迅速闪过一丝羞惭之色
弓着腰，塌着肩膀，想把自己缩小了
她边点头，边讨饶似的说
是我，我是老夏
老夏

关于母亲他对陈飞白说过什么吗？想了想，除了在一次闲聊时提到母亲的名字，其他什么都没有了。母亲在深圳的表现虽不能用俗不可耐来形容，但她周身散发的，是很典型的妇女感了。母亲在超市大肆试吃那会儿，他想悄悄告诉陈飞白，我妈年轻的时候，买菜从来不磨着人家搭一把小葱送，一点儿便宜她都不占的，但帮着母亲掸去嘴边的食物碎屑时，惆怅和苦楚一下子从心底泛上来，哽住了想说的话，最终他什么也没对陈飞白说，跟解释似的，然而又想解释什么呢，也说不清。这世间有多少无缘无故呀，不是什么都能追溯得清楚明白的。

他说出来的，还有没说出来的，细细碎碎的，混混沌沌的，陈飞白都懂，甚至理解得比他还要完整和清澈。他更糊涂了，这么聪慧灵透的女孩，到底被什么挡住了呢，既是挡住她的，他又能帮什么忙解什么困呢。

一时心里空落落的，又乱糟糟的。《夏清煦》带给他的震动过于剧烈，墨竹纸笺上的诗，接连看了几遍，都是入眼没入心，像翻卷的细尘浮在眼前，抓不住，拢也拢不起来。

去机场的路上，他回想梅花纸笺上的诗，一句一句，熟悉无比，竟像是自己写出来的。离机场越来越近，心却飘飘悠悠地回去了。挣扎一会儿，交通指示牌上“出发”两个字已近在眼前，这时也顾不上摇摆了，随着惯性入闸安检，等候登机。

走下飞机舷梯，何知微先抬头看了看榆林的天。模棱两可的阴天，不知道接下来是下雨还是出太阳。航程中，他闭着眼睛，也睡不着，《夏清煦》的字句和母亲的脸交叠浮现。中年以后，母亲面相里的书卷气就不见了。她脸上时常露出惊慌的表情，不惊慌的时候，又有些窘，总之不是一副舒泰滋润的模样。其实昨晚从海边回家后，他就没睡沉实，想起了父母的婚姻。大概他上大学的时候，父母停止吵架了，他们老了，累了，终于放弃了对对方的控制、改造和期许，允许对方在核心的问题上划定边界，他们都学会了说一句话，“你高兴就好”，很平淡的一句话，但他知道这句话背后、这张息事宁人的脸背后有多少无奈和不甘，有多少含而不露的讥讽，有多少按下不表的怨恨，想到一对夫妻天天在一起又离得山高水远的样子，他就从心里感到累，感到难过。

他跟陈飞白还没结婚，一谈及面试和工作，两人就从热恋的情侣变成了相处多年的老夫妻，疲惫得连架都没力气吵，只能小心翼翼地绕开危险区域，她怕他，他也怕她，气氛森然怪异。一旦有了禁区有了块垒，怎么看，两个人都是隔着的。

这样不行。他好不容易有勇气相信一个人是真喜欢他，好不容易有勇气跟这个人共同进入生活的某个实在的部分，本来他以为爱情早跟他没关系了，也不可能爱上谁，自己根本不适合结婚，就算成家也是被长辈逼着，完成一桩不得不为的俗事而已。

候机时他向盈泰的招聘邮箱投递了简历，本来欲跟于贝贝打个招呼，转念一想，以他的工作履历进面试太轻松了，提前给于贝贝通气，话反而多了，干脆什么也不透露，面试不见则已，见了再说。

到了榆林是要打硬仗的，材料报上去后证监会已经反馈了，回答证监会的一个问题，有时就要用上四五百页纸。往常这个阶段他会把自己调动得很兴奋，这几天他的老法子都失灵了，在会议现场怎么也没法集中精神，不停地刷邮箱，机械地刷。信用卡对账单来了，海淘网站的库存匮缺提示也来了，还有几个广告邮件，他等的那份邮件，没有出现。

转眼又是两天，刚坐到会议室，手机振动了一下，瞄一眼，看见“盈泰”二字，未及打开细看，他已突地站起来，站起来时才发现自己已经站起来了，他说：“杜总，我得回去一趟。”

“现在回去？”

“有点急事。”

“我们要回答问题了，回答问题的这个时候……”

“知道，我尽快赶回来。”

他边说边往外走，大家抬头看着他，他顾不上别人怎么想了，点点头，转身走出大家的视线。

到了深圳，他在盈泰总部附近找了一家酒店住下，第二天他将出现在面试现场，把陈飞白经历过的事情也经历一遍。能有什么难题呢，他对自己说，什么题目也不会难住我的。

于贝贝的脸在微微抽搐，何知微知道，她控制得已经不错了，她负责问几个专业上的问题，何知微一一作答，她低头做记录时表情才自然了些。

轮到人力资源部门发问时，何知微忽然感到有些紧张。先谈了谈工作性质和薪酬，何知微松了口气，耐住性子奉陪，该说什么话就说什么话，总算把这个了无新意的程序进行完了。

最后，一位穿紫红色衬衣的男士问："你怎么看待我们公司的狼文化？"

"主动进攻，抢占先机，通过伟大的目标把员工凝聚成群狼，虎狼之师，枕戈待旦，常备不懈，时刻准备战斗搏杀。没有狼文化就没有企业的快速成长，这是决定性的精神力量。"何知微回答得顺滑而充满激情，他还能继续往下说，这时他瞥见了于贝贝，她眼睛睁得很大，嘴巴半张着，刹那间他意识到了什么，脸色也是一变。

紫红衬衣男士发问时，没抬头，声音也很低，透着循例一问的随意，不过是个收尾的程式，他早等得倦怠了。而一听到这个问题，何知微几乎不用思考就做出流畅精巧的回答。

一切都挺对劲儿的。

何知微走出会议室，看到走廊尽头有一排椅子，他走过去靠窗坐下。看看表十点多了，在超级摩天大楼上透过玻璃窗往外看，外头的阳光既强烈刺目又虚空邈远，一时有些恍惚，像在梦境里，从进去到出来十几分钟，却如隔了世一般。

又等了一会儿于贝贝也出来了，她招招手，何知微从走廊尽头走过来，两人你看看我我看看你，不知道该说什么。

在裙楼找到一家还算安静的餐厅，一直等到甜品上来，于贝贝才说："面试我几次在场，从没注意过最后这一问，根本不叫个难题。你觉得呢，这算难题吗？十个公司得有九个这么问吧，谁都知道该说什么，每个人都能答出来，怎么会过不了？怎么就过不了？"说着说着，她捂嘴笑起来。

他看了她一眼，她笑得很勉强。他好像明白了什么，同时又感到一种从未体验过的陌生的痛楚，事情似乎搞清楚了也似乎更复杂了。

"怎么办？"于贝贝问。

怎么办？他觉得自己需要时间再想想，需要尽快离开面试的这栋楼，这栋扭着身体向上伸展的著名地标性建筑。他说："陈飞白不知道我回来，你也别给她说，我们，我们再商量商量。"

"有什么好商量的。"她指指脑袋，"我的老同学，这里有问题，出了点问题。滑稽，虚伪，造作，不可理喻。真扫兴，太扫兴了。”

他也联想到一些贬义的成语，又觉得用在陈飞白身上不太合适，成语是固定和明确的，可世上的人、世上的事哪有这么简单，总有常理和世故框不进来的样式。几千年了从来没有过相同的棋局，人和人也是如此，哪能整整齐齐都一样呢？

于贝贝继续说：“不值，太不值了。咱俩一起去找她谈，一起把她矫正过来。”

“有什么好谈的，教她怎么回答最后的问题吗？用教吗，能教吗？”他试着想象一个场景，他和于贝贝表情凝重，话语急切，而她坐在他们对面，眼神飘忽，不配合，不入戏。他和于贝贝说的话像一颗颗子弹在空中排列着，顶到她身上又弹回来，颓然坠落。她是一个最有情的人，这样的时刻却一脸木然，形如槁木。想着想着他说：“我得去榆林了，回来再说。”

“都是同行，哪有这么紧急，紧急情况开电话会议不就完了，你这是在躲。”于贝贝双手交叉抵住下巴，盯着他说。

他不作辩解，直接起身：“小于，我去机场。”

于贝贝摊摊手，说：“你没开车吧，我送你到六号线，离这里也不远。”

六号线从地下横贯大半个城市，一条恢宏流丽的机场快线。何知微靠在座位上，一直冒虚汗，天气并不太热，他是心里发慌，好像做了一件窥探和打扰的事。显然关于工作面试，陈飞白并不想跟任何人分享细节，也无意于倾诉和寻求理解，就是一个很平常的选择而已，而他即使知晓了也是徒增怅然，掏不出灵丹一粒，怎么也使不上劲儿的感觉。

他闻到浓烈的青草气味，这是在哪里呢，没有青草，连明亮的光线也没有，他依稀看到，对面座位上一个女孩在喝一瓶碧绿的野菜汁，瓶盖没有拧上，瓶口染绿了。迷糊了一会儿，他花了点时间确认自己身在何处，又花了点时间明确了一点，列车在黑暗的地下疾驰，正在离机场越来越远。

到站时没下车，坐回来了。他有些懊丧，很快便释然，就此回家不也正好。快该换乘时，他心里忽然一闪念，就疾步向车厢中央走去，没几步路，心情却忐忑，看见“一步制胜”，摘不摘呢，怎么摘呢？

还没挣扎出一个结果来，已经走到车厢中央了，地铁公司自己的镜框广告都挂在这里。

什么也没有，他抓住拉环上下左右地看，确实什么也没有。他的心狂跳起来。凑近车厢内壁，发现镜框的印痕还在。是广告更新的间歇期，还是，还是另有乘客把它摘下来扔掉了？

他更愿意相信第二种可能。

换乘另一条线路时，他径直走向列车中央。这条线路的镜框广告是安好的。乘客太密，没法动手，除非坐到终点站，趁人群往外流，下一拨乘客又还没上车时。他倚着竖杆看镜框旁边的路线图，还有十几个站才到终点。

快到终点时，他挪到镜框前面，四下看了看，车厢很空，乘客零零星星地散坐着。车终于驶进最后一站，人们走到车门处候着，他抬起手来，抓住镜框下面的两个角，就等车门打开了。

到站提示音响起，车门打开。他赶紧用力往下摘，镜框不动，再使劲儿还是取不下来，已经有人进了这节车厢，他只好松开手，就近坐下来。眼睛盯着镜框，回想刚才的动作，是硬往下掰的，难怪镜框不动。他试着回忆陈飞白那晚的手法，似乎是轻轻往上一提，没费什么力气。

每站都有人上来，很快车厢里就挤满了人。坐在地铁上，他脑子里回响的都是陈飞白的话："强迫你看见和记住，慢慢地也就认同了。"他决定再坐到反方向的终点，不管有多少趟列车，先把这辆车的取下来再说。

他提前几站就离开座位，守在镜框前，默默在意念中演习几次。

轻轻往上一提，果然摘下来了。正高兴，一个新问题砸过来，只有电脑包，没有大背包，怎么运出去。慌乱中他把镜框夹在腋下，电脑包单肩背着，遮住一部分镜框。低头一看，露出来的是正面，顾不上多想，一手抓着电脑包，一手把镜框调过来。

只露出反面的背板，又有电脑包挡着，找个人多的站点应该能顺利出去。

真往外走时，步子还是有点发飘，便在心里给自己鼓劲儿，不会有人注意的。

走到最近的出口，他定住眼神，尽量不去看别人，刷卡，出站，随着扶手电梯升上地面，悬着的心才放下来。天色初暗，已近傍晚，来来回回地竟在地下折腾了一个下午。

上了一辆出租车，他在后座上紧紧抱着镜框，像抱着一束鲜花，一份精心准备的礼物，没有比这更好的礼物了吧。

车经过公司大厦时，他临时改变主意让司机停下来。卓盛大厦三百多米高，尖顶，全玻璃幕墙，按设计方的说法，主体塔楼是一棵破土而出的春笋，但他远看近看，楼体都像一枚直冲天空的巨型炮弹。

下了车，走进“炮弹”，坐电梯上到37楼，他先在外面张望一下，办公区人不多，陈飞白的座位也空着，看来今天不用加班已经回家了。

在工作的空间找一首诗，他心里涌起一股奇异的感觉。

今天桌上的瓷瓶里插着几枝黄月季。他抽出最下面的一本书，翻开来，里面什么都没有。他记得很清楚，诗稿就夹在这本书里，武宫正树的《星的威力》。也许不是这一本？也许夹着诗稿的书换位置了？他把每本书都拿起来，哗哗地翻，从头翻到尾，淡青色的宣纸确乎一张也不见了。桌板下是活动抽屉柜，钥匙就插在锁孔里，想了想还是没拉开，不管有没有人看见，他也不愿意乱动别人的抽屉。

走出“炮弹”，没再叫车，步行走了十几分钟，走到家门口了，他在门前站了片刻，调整一下心情，取出钥匙又放回去，按门铃，等她来开门。门一开，他就举起了镜框。

没有笑声，没有尖叫，等了一会儿还没动静，把镜框放下来，他看到她在拼命眨眼睛，眼眶是红的。

“盈泰是狼，我们公司是蜜蜂，还发明了‘乐蜂’文化，面试的最后一道题目是：你怎么看待卓盛证券的蜂文化。但不一定每个人都当狼都当蜜蜂，我变成狼，可以让你不当狼，这大概也是我变成狼的一点儿意义了。”他本想找个机会再说，不料屋还没进，就一股脑儿全表白出来了。

整个人松弛下来了，不紧绷着使劲儿了，他经常有个感觉，自己睡觉的时候都在使劲儿呢，醒来的一瞬间牙是咬着的。现在松下来了，从来没觉得身体这么轻，这么软，像一大块儿蜂蜜蛋糕，摁上去，弹起来，掰开来，里面是细密均匀的针眼儿一般的小孔。身体里面透气了，里头能流水，能刮风。

自在，真自在。

他接着解释：“我去盈泰面试了。”

“知道，为了谴责我，让我羞愧，贝贝下午给我说了，刚才又打了一个电话，可能酒喝多了，说我是个大麻烦令人难以忍受，要跟我面谈，不知道是不是酒话。”

他摇摇头说：“不管她了。”他牵肠挂肚的是陈飞白的第三首诗。他看着她的眼睛，开始背《夏清煦》，诗句徐徐拉开一幅画，画面里并不仅仅是他的母亲，他看见许许多多个被磨损的枯瘪的生命，不明不白的，就萎谢和流逝了。

他扩张和拉长了这首诗的哀伤，哀伤雨点一般遍地滴落，他叹息般地念出了最后一个字。陈飞白害羞起来：“你什么时候看到的？我偷偷写的。”

他说：“还有一首没记住，写在墨竹那一张上的，比赛什么的。”

她找到一个不用的本子，默一遍，递给他。他接过本子，说：“我想一个人进屋读。”她侧侧身说：“正好，当着面读，我才难为情呢。”

关上门，只开落地灯，他捧着这首诗，低声读起来。

瞄准，瞄准

年少时父母为我报名参加朗诵比赛、歌唱比赛、硬笔书法比赛
每次指导老师都拿着一页纸
一页写满评分细则的神圣的纸
对我说，一条一条地细抠
瞄准一些，再瞄准一些
这些比赛的后缀一般是××之星
有没有成为星我已经不记得了

青年时因为是青年要参加单位的各类技能比赛
有经验的评委好心提醒我
瞄准评分细则，一条一条地细抠
瞄准了，不偏不倚，正中靶心
他们说话时看起来很老练
他们微笑
笑得精明、内行、有把握
这些比赛的后缀一般是××人才
有没有成为人才我已经不记得了

我终于不是少年也不是青年了，

不再因年龄被强行划入一场场比赛
回望这些年，我会从心底笑出来
我记得
在每一次能瞄准的时候我没有瞄准
我往左边或右边偏了一下
因为这不瞄准
我活得特别有兴致
因为这不瞄准
我觉得，我是一颗星我是一个人才
我活着最有意思的，就是这一次次的不瞄准

读到最后，他也从心底笑出来。他最喜欢的是这一首，忍不住用手指肚摩挲着本子上的每一个字，摩挲着，他想起手从她的后背滑下去的感觉，她的后背上像敷着一层软糯的糖粉，小时候水果糖外面裹着的那种白色糖粉，他记得那个时刻，空气好像变甜了，让人忍不住大口大口吸着气。

咚咚的脚步声传来，这充满力量的脚步声两人都很熟悉，对视一眼：于贝贝竟然真来了。

于贝贝往沙发上一坐就开始数落，期间不断给何知微递眼色儿，意思是让他帮帮腔。见他没动静，于贝贝说得就比较直露了："多少高中同学羡慕我们选对了专业，羡慕我们踩对点儿了，大时代的幸运儿呀，你呢，你大概是混得最差的应用经济学硕士了。”

接着，她又表示今晚依序试了三种葡萄酒，“有生命”的葡萄酒，她说：“你没喝过真正的葡萄酒，你喝的那是色（shǎi）酒，你也没见过奥地利手工水晶杯，你用的是含铅的便宜货。”

陈飞白没有被激怒也没有面露惭色。于贝贝继续说：“你一点儿也不独特，也看不出有什么傲人的风骨和性情。如果没有何知微的收入，你哪怕每天早出晚归地上班，也一天比一天穷，衣服、包、鞋都透着劣质，你整个人看着也很劣质。不悔改就什么也赶不上了，再过两年，咱俩就彻底不能一块儿玩了。”

“燕雀安知鸿鹄之志。”陈飞白轻声说了一句。

她说得轻声细语，但足以听清楚了。何知微一愣，于贝贝也一愣。

“你说什么，谁是燕雀？”

“你是燕雀。”

“我是燕雀？”于贝贝扬扬头，“反了天了。”

“就是反了天了。”

“你说的是酸话。”

“我说的是真话。”

陈飞白看着她的同学，看到的不是一个又胖又憔悴的女人，相反她光彩照人。这两年，于贝贝越来越瘦，越来越好看，身形从壮硕蝶变为纤美，摒弃了学生时代民族风的审美，每件衣服除剪裁和面料讲究外，总会有一两个别致的让人心动的细节，彼得潘的衣领，精致的皱褶掐腰，凸面刺绣，贝母纽扣，她还请了前世界健美小姐当私教，再忙也要确保每周上一次健身课。她的瘦和美，她的富贵和自信，透出的，都是另一种生活的诱惑呀。陈飞白句句跟她针锋相对，但说到最后，竟有点心虚了。此刻于贝贝看她的眼神已没有多少期待，主要是嘲笑、轻蔑和嫌厌了，好像她很不识相，很败兴，好像没有她这个拖后腿的怪物加白痴，一切就都好了，都顺心遂意了。于贝贝的目光里，还有几丝居高临下的意味，让她觉得很陌生。

何知微突然开口："她说的是真话，不瞄准和瞄不准，完全不一样。"他边说边把本子塞到于贝贝手里。于贝贝扫一眼，摆摆手说："我觉得我才是一个诗人，上市之前，给它做出一个好故事来，美妙的叙事性，上市之后，无数个投资者一起抒情，十天都开不了板，荡气回肠。你看看K线，高低起伏，是史诗是戏剧是交响乐，也是山水长卷。"

预报今夜有暴雨。云带着浓郁的雨意在低空盘桓，海上来的风吹得窗棂叮叮作响。陈飞白默默把本子拿回来，于贝贝的话确实羞辱到了她。她来到窗前，背对着于贝贝和何知微，头发乱舞，衬衫也鼓了起来。

她的背影看起来很落寞。何知微走到她身边，跟她并排站着，于贝贝也踱了过来。陈飞白转过头来，看着于贝贝，说：“贝贝，真想再给你拉一次连衣裙的后拉链。”

于贝贝穿一条青金石蓝色、厚西装面料的连衣裙，背后一道长拉链从腰窝到后脖颈。这是她们两个人才知道的典故，一起住的时候，每次帮对方拉裙子拉链就会说，以后咱俩分开，一个人住了，再怎么穿拉链在背上的连衣裙呢？多费劲儿，一不小心就把袖子扯破了呀。听她突然提起旧事，于贝贝站着，一时不知说什么好，脸上有几分怅然。

陈飞白从餐边柜里拿出柠檬片和茶杯，洗好柠檬片，放进杯子，先倒凉白开，加两勺蜂蜜，再续温水。她把柠檬水放在茶几上，说：“晚上就不给你泡茶了，喝杯柠檬水吧。”说完她拉着何知微往外走。

“你俩要干什么？”于贝贝问。

他俩一起下楼，来到“天元”的工地旁。简易的出入口有保安把守，整个工地用一圈浅蓝色的围挡围着。何知微大概知道她的想法了，LED挂网发光字不好拆除，但总还是可以做点什么吧。

两人绕到后面，何知微开始爬，围挡两米多高，他试着爬了几次，太滑上不去。他说：“你等着，我去家里拿椅子，再摞上个皮墩子，高度应该就够了。”他往海怡苑方向跑去，跑得像个小男孩的样子。望着他的背影，陈飞白想，过一会儿，他们找到楼梯，爬上二十几层合力把条幅扯下来时，如果没被人抓住，她要立刻告诉他一件事。

就在今天下午，于贝贝告诉她，何知微那么忙还是偷偷回来面试了。挂了电话，翻看手机里他的照片，她一下子就软弱了，想了一会儿下定决心，等他回家时她要告诉他，她准备好了，准备好回答最后一问了，她会让他放心，她要跟所有的经济学毕业生一样，不再浪费时代赐予的幸运。

结果，开门时，她看见一个高高举起的镜框。那一刻她知道，她什么也不用再说了。不用再说了。

黛西送给内德一幅画作，是她自己画的，金黄色的稻田上面，两个戴着尖顶红帽、手拉着手飞翔的小精灵，精灵上方的天空里，繁星、满月和艳阳同时出现。

希波克拉底的礼物

黛西拉过一把印着林戈·斯塔尔头像的椅子，坐在镜子前开始化妆。房间很宽敞，米色墙漆和黑胡桃家具是这个社区大部分卧室的标配，但黛西的家具细看起来不一样，边缘有一排精细的浅浮雕纹路，墙壁上的画也不是常见的花园、麋鹿或陶罐，是独立画廊买到的抽象作品。黛西还把朝向花园的墙壁改成一整面玻璃窗，窗子外面是油绿的草坪，草坪的尽头，蔷薇和毛杜鹃组成一道矮篱笆，篱笆的另一边是造型越来越夸张的金吉尔家。黛西瞥一眼窗外，摇摇头，皱紧眉头，加快手上的动作。

黛西匆忙把车开出车库，必须要准时接到内德，两个人再一起去和金吉尔夫妇吃饭。哪怕晚了一分钟，路途中内德就要没完没了地抱怨：早出门这条路不会堵、前车不该从右侧危险超车、绿化带的植物总是刮到车窗……

内德上车，黛西偷偷看他一眼。嗯，脸上有一丝笑意，浓黑的眼睛泛着光，黛西松了口气，知道他今天过得还算愉快。恋爱的时候，黛西特别迷恋内德黑漆漆的双眼，里头像烧着两簇小火苗，暖暖的，又像藏了两颗小星星，亮闪闪的。如今内德的事业不见起色，脾气也越来越坏，让黛西感到安慰的是，他眼睛里的微光始终还在，没有黯淡和熄灭的迹象。

离聚餐的地方越来越近，想起金吉尔，黛西刚刚放下的心又提了起来。金吉尔是黛西最好的朋友，两人在同一个社区出生，一起上学，一起听童话故事，一起去郊外露营，一起做手工和玩猜谜游戏。进入不同的大学后，她们也时常在一起聊天，聊社团、男孩和夏日湖边的萨克斯慢摇舞曲。后来金吉尔和米尔罗斯几次分分合合，一直到结婚，黛西始终在金吉尔身边陪伴着。她喜欢金吉尔，也跟着喜欢上米尔罗斯，米尔罗斯是她俩的小学同学，多年后再次相见时，已经是一个身材魁梧、留着络腮胡子的超市主管，米尔罗斯健壮的体格、充沛的精力、敏捷的思路简直是管理超市的最佳人选。

在米尔罗斯犹豫要不要接受临床试验的日子里，四个人经常窝在小酒馆的角落里喝到烂醉，把对工作的厌恶、老板的痛恨，狠狠地嚼一嚼，嚼碎了咽进喉咙，随食物一起消化再排出体外。黛西发现，当工作顺心时，米尔罗斯会搂住金吉尔的脖子，一脸温柔地说情话，被上司刁难了，米尔罗斯就对金吉尔很冷淡，一杯杯喝酒，骂脏话，决绝地说要去接受试验，再也不想做蓝领工头，再也不想和无理的客人反复交涉。这时他会羡慕地望着内德，渴望有一份股票交易或会计事务所的体面工作。

而现在，轮到内德和黛西羡慕地看着米尔罗斯夫妇了。

两人同时深吸一口气，走进这家听说好多年却从没来过的餐厅。通过高速电梯到顶楼后，沿着贵宾专属小径走进去，先是一个铺着青砖的东方情调的开阔庭院，四面种着垂柳和竹子，庭院中央有几架秋千、一座亭子和保持石头、树根原貌的座椅，靠墙的木架上搁着黑朱泥壶、珐琅彩花鸟梅瓶、紫檀木笔筒、烧蓝香薰炉。身着复古制服的侍者验证完身份信息，带他们走进里间。黛西看到地上的云彩，往后退了两步，过一会儿才看清，是注满水的游泳池晃晃荡荡地映出穹顶上的天空，绕过泳池是长满热带植物的花园，藤本植物沿着龙血树的树干往上爬，灌木巨大的树叶舒展开来，树叶下面可以遮住几个人，再往前走，飘浮在空气中的幻境不停地变换影像，它可以瞬间把你带到想去的任何地方，只要戴上控制头盔肆意想象。庭院的边缘，斑斓的星云在镜面上缓缓流动着，人走近了，镜面分开，星云被牵拉着向两边流散，电梯露出来，两人进电梯上到一个大概六层楼高的树屋里，这里就是宴会厅。

金吉尔伸出双臂，先抱紧黛西，又拥抱内德："见到你们真高兴。米尔罗斯晚一会儿到，被老板留住了，咱们三个先聊天，我有一池子苦水要往外倒。"金吉尔夸张地做鬼脸，黛西和内德都笑了。

这时，传音器里发出人工合成99.96%相似度的詹妮弗·华恩丝女声："尊贵的客人您好，米尔罗斯已经到达，即将走进花园，他是今晚欢乐聚会的最后一位贵宾。"

幻境的光和影开始变化，埃及的沙漠和金字塔出现，亚里士多德和孔子各自站在塔顶上，身边围着一群年轻的学生，接着是尼罗河，蓝色的河流往上流淌，与几十米高的屋顶边缘的天空之蓝相融，看起来像河水向上攀缘着渗入天空，又像天空的深蓝缓缓滴下化成尼罗河里的水。

金吉尔无奈地叹口气："多想跟你们好好吃顿饭，受够了那个怪人。"

黛西把手搭在她的肩膀上："别这么说，他仍然是你的米尔罗斯。"

他们看到米尔罗斯戴着控制头盔走进来。

"对不起，被班克斯那个老狐狸缠住了，一定要和我喝完一瓶香槟。我只好用自动驾驶来这里，比自己开车慢多了。"

听到班克斯的名字，黛西赶紧看了内德一眼，内德的表情有点不自然。班克斯挂在嘴边的一句话是："如果我今天没炒你就赶紧回家庆祝吧，不知道明天还有没有这样的好运气。"并不是对内德一个人说的，他站在门口对所有的交易员咆哮，但内德一直觉得自己也快上裁员名单了。很快黛西听见内德说："去他妈的班克斯，我们今晚喝完酒，去公司把他从窗户扔下去。"

米尔罗斯意味深长地看他一眼："吃完饭我确实还要回公司找他，研究一下明天怎么炒高那些烂股票。"

内德没接话，他知道米尔罗斯的重点在"烂股票"上面。半年前，米尔罗斯还怯怯的，跟向老师讨教的小男生一样，不住地请教他这个股票能不能买，那个股票会不会涨。内德坦率地告诉他，这只股票质地太差，那只股票的行业并没有新闻中吹嘘得那么美好。米尔罗斯喜欢追新闻买烂股票，而内德每次都直言相告。

黛西说："坐下吧，感谢你们，我还是第一次在树屋里眺望尼罗河，还看到了米尔罗斯一世的金字塔。"

"为米尔罗斯一世干杯！"内德也举起酒杯。

金吉尔发出笑声，是那种压抑很久才会发出的很响的笑声，她抱住黛西："你太幽默了，我想天天和你在一起。对了，明天有空吗，我们可以一起去盖瑞的工作室……对，就是画《西西弗斯的灵魂》的盖瑞，记得吗，十几岁时我们专门跑了几百公里去看他的展览，那次没见到他本人。”

米尔罗斯并没有被“米尔罗斯一世”的称号冲昏头脑，他露出大人物般、一切尽在掌握的微笑：“盖瑞答应，每个月都会抽出一两天时间指导金吉尔，能指导多久说不好，毕竟我们才刚刚成为朋友，金吉尔擅长的又只是用喝剩的奶茶在围裙上作画。”

“够了，我已经很努力了！”金吉尔冲米尔罗斯做发怒状，又幽怨地看着黛西和内德，“现在我不用做女招待了，但日子更辛苦，米尔罗斯给我制定了严格的时间表，每天七点钟要跟他一起跑步，上午被艺术熏陶，下午文学哲学，晚上还要参加各种奇奇怪怪的沙龙。说真的我能有什么艺术品位呢，一开始还不是我们一起，对什么有感觉看什么顺眼，就去追哪个画家的展览？现在呢，逼着自己去体会，还要假装看懂了。”

“看到没，这就是无用的情感，抱怨是情感分类里最垃圾的一种，你现在怀着孩子，坏情绪对婴儿也不好。你面前有美味的晚餐，有友谊和好酒，却还是不停地抱怨。”

金吉尔做了一个停止的手势，黛西看出金吉尔这次真生气了：“我只想和朋友好好吃顿饭，你可以跟我们一起，也可以早点找你的老板加班，不要再指手画脚。”

米尔罗斯大度地举起酒杯：“正是情绪奴隶的存在，才成就了我们这类人的辉煌，干杯！”

回去的路上，黛西和内德一直沉默。快到家时，黛西压低声音说：“接受药物试验是最后的选项，答应我，不到迫不得已不要去，好吗？”

“我不知道，太难了，不知道还能撑多久。别忘了是我把米尔罗斯介绍进公司的，现在我成了快被淘汰的那一个……”

黛西转头看了内德一眼，再次陷入沉默。夜色围拢过来，车灯自动感应发出亮光，划破前方的黑暗。每次夜里开车，黛西就有一种在大海上航行的感觉，茫茫的海面上他俩依偎在一起，她喜欢这种相依为命的感觉。想到远处的人也会看见他们的车灯，黑暗中如萤火虫般微小的两点光，她心里就更踏实了。

第二天一早，趁内德没有醒来，黛西走进花园剪下几枝黄蔷薇，插进水晶花瓶里。黛西盯着花朵看了一会儿，小心地摘下两朵花瓣，轻手轻脚地溜回卧室，把花瓣藏进内德的钱包夹层里。

内德来到餐厅，看见新剪的蔷薇，说：“这个黄颜色太漂亮了，你什么时候偷偷布置的？”说着，俯低身体闻了闻花朵。

黛西似笑非笑地说："没有感情的人可欣赏不了鲜花，你今天不会再忌妒AI了吧。"

"AI确实没有我们的焦虑、冲动、恐惧、孤独，我不想去看心理医生了，管什么童年阴影、俄狄浦斯焦虑，人类是对抗不了情绪的，人的理性在最原始的情感面前就像小白兔在史前巨兽跟前一样，随时被撕得粉碎。"说起AI来，内德有些激动。

"可是通过分析和治疗，你能够更了解自己。"

内德并不认同："不，过去的伤痛像大洪水一样，把我淹没了，没法儿呼吸。本来只想通过对情绪的有效处理解决自己交易上的问题，没想到演化成只关注这些呼啸而来又转瞬即逝的情绪，解决不了任何现实问题，更无法帮我驾驭交易。我忌妒AI，渴望成为AI，它们没有人类成长过程中累积的种种挫折，没有面临成功时必然怀有的热望、面临失败时必然升起的恐惧，不会因为忌妒、攀比、焦虑而焦躁，更不会在情绪的驱使下强行操作。"

内德的手在空中划过，好像在挥舞理性的圣剑："就拿日内交易部门的AI来说吧，那么简陋的模型，却总能在我情绪高涨打算买入更多时发出卖出指令、在我情绪低落时发出买入指令。而我呢，我是一个没有勇气和定力的人，刚开始上涨觉得趋势不明朗不敢进场，持有盈利仓位时又很担心利润回撤影响排名早早就卖掉。以前自以为的思维缜密，不过是瞻前顾后。我有着比AI丰富十倍的专业知识，却被情绪拖累，把交易做得一塌糊涂！”

黛西握住内德的手，抚慰着越来越激动的他：“这才是做人的意义呀，我们不完美，可以一直成长。这些困难只是暂时的，以后会越来越好的。”

内德站起来：“我不相信大道理了，上班去，晚上回来再说。”

黛西目送内德出门，暗自希望内德的这一天能顺顺利利度过。一开始，黛西跟很多人一样，对内德的职业发展抱有希望，他擅长缜密的逻辑思维，再加上不轻易冒险的性格，简直是一个天生的证券交易员。几年过去了，他逐渐发现，厌恶风险的性格反而成为事业上升的阻力。他确实很少大亏损，股市崩盘时他的业绩排名会靠前，但大部分年景，他的操作不温不火，这时的舞台属于浅薄无知、急功近利的人，他们拿着公司和投资人的钱投向高风险的股票。这些股票昨日天堂，今天地狱，甚至一夜之间价格都会相差数倍。有一只医药股，只是向药品管理局申请了新药临床试验，第二天股价直接涨了五倍，并在接下来的半年里又涨几倍，一年后临床实验失败，早上一开盘就只剩下前一天价格的百分之五。内德不会碰这类股票，但太多的交易员趋之若鹜，他们形成如此强大的合力，只要有一丁点儿机会的股票都被他们发掘并炒高。有些交易员会被突然的暴跌拖累，但总有一部分像秃鹫一样的冷血交易员，能够在实验失败的消息公布前大赚一笔并全身而退，把股票传递给下面的倒霉蛋。与他们相比，内德的理念和业绩都太逊了。

因为业绩平平，内德自由调用的资金大幅缩减，并且有百分之五十的持仓必须接受人工智能的指导，这意味着暗淡的职业前景、羞涩的奖金分配和低人一等的地位。黛西不太在意，但内德接受不了现状。他不是没努力过，为了少被情绪影响，专门去看心理咨询，效果不太理想。和AI一起工作后，内德越来越期待自己能像冷冰冰的机器一样操作。

想了一会儿内德，黛西才发现自己要迟到了，从家里到盖瑞的工作室还有不短的路程。还好昨晚就把今天的着装搭配了出来，一件去年流行的连衣裙，式样很甜美。去见自己年轻时喜欢过的艺术家，黛西想打扮成小女孩的模样。

见面地点是临近市中心的一栋大楼，现代艺术家的聚集区，黛西按名牌找到盖瑞工作室，比约定时间晚了半个小时。走进去还没来得及说话，前台姑娘把她接进来，带入一间会议室，里面已经坐了几个人。

黛西瞄一眼，一位穿蓝色套装的女士，一位正装男士和一位上了年纪戴珍珠胸针的女士，金吉尔不在。黛西礼貌地朝大家微笑，大家也都向她点头致意。

等了一会儿，黛西开口问：“我们都是在等盖瑞吧？我迟到了，我的另一个朋友也还没到。”

正装男士说：“沙龙已经开始了，我是司机，不参加沙龙。”

上了年纪的女士说：“我是管家，如果你要参加，找前台询问吧，他们弄错了，这里是休息室。”

黛西做一个感谢的手势，赶紧出去找人。工作室的人狐疑地看着她，黛西才发现自己忙着赶路，漏看了金吉尔的信息：“沙龙开始了，我先去参加，你到了直接来3108找我们。”

进入3108，黛西更尴尬了。画家盖瑞穿着涂鸦T恤，他的助理被亮银色的直挺挺的廓形雨衣罩起来，其他几位宾客的服饰看上去随性而时髦，黛西虽不是一个追赶潮流的人，置身其间还是觉得有点难为情。还好穿着黑色斜肩长裙的金吉尔袅袅地挥手，示意黛西坐在自己身边。坐下后，黛西低头看看裙子领口的蝴蝶结，突然觉得自己像走错房间的女侍应。一时变得畏畏缩缩起来，只看见盖瑞的嘴在动，说的什么，她完全听不进去了。

沙龙结束后，金吉尔邀请她留下用餐，黛西推说还有事情，独自来到旁边的街心公园散步。在铺满树荫的小路上慢慢踱步，鸟鸣声真切地在耳边响起，黛西脸上渐渐有了笑意，仿佛刚才的经历只是一场浮华虚假的梦，醒过来就好了。

黛西回到家里，看到玄关处的鞋子被踢得七零八落，内德回来了。黛西的心往下一坠，愣一会儿，朝卧房走去，快走到门口时转身去了另一个房间，还是不要打扰内德了，现在说什么都无法让他高兴起来。

迷迷糊糊在沙发上躺到天黑，黛西起来喝水，餐桌上放着一张字条儿，她已经不是第一次接到内德的留条了，她知道上面写着什么。

还是拿起来看了看，“我下定决心去参加药物试验”，她把字条儿压在花瓶底下，隔了一会儿，又拿起来端详几眼。

窗外，金吉尔家的造型有最新变化，这表示金吉尔的情绪在剧烈波动，她家的外观从童话城堡变成哥特式建筑，海蓝色的木头变成一块块黝黑的巨大岩石，密集锋利的尖顶拔向天空，鲜艳的玻璃高窗返照着傍晚的太阳光线，在草坪上投下绚丽的影子。这是时下流行的建筑技术，只要付得起钱，只要把想要的参数输入计算机，可移动和可编程的外墙模块就会自动生成你想要的风格。

又过了两个月，金吉尔家的外墙终于不再几日一变，固定在了古希腊巴特农式的古典风格上。黛西相信社区的其他邻居跟她一样庆幸，金吉尔家一会儿变成废弃的厂区，一会儿变成日式庭院，一会儿变成飞絮细雨轻烟袅袅的中国古城，一会儿变成白雪覆盖的老火车站，孩子们聚在一起好奇地研究，成年人遥遥望着，猜不透她家是如何支付一笔笔昂贵费用的。

冬天来了，关于药物试验的传言越来越多，有消息说，政府马上就要禁止这款新药继续开展人体试验。下第一场雪的时候，米尔罗斯通过内线了解到政府确实在干预试验，这让内德不再犹豫，马上疏通关系成为人体试验的志愿者，米尔罗斯也是这样成为志愿者的。

内德离家接受试验的日子里，黛西总是做噩梦，不敢一个人待在屋子里，金吉尔成了她的救命稻草。在米尔罗斯的影响下，金吉尔比以前沉稳多了，早已不是黏着人问东问西的小女孩，也不是药物试验刚结束时，那个不敢面对丈夫、吓得掉泪的可怜姑娘了。

金吉尔双手环抱着刚出生的女儿，不住地劝慰黛西："开始我也很害怕，幸亏米尔罗斯坚持做出改变，他不想再寒酸拮据下去了，他是个很有男子气概的人，没做药物试验之前就是，试验后简直完美了，上周的那篇专访说米尔罗斯太强大了，有钢铁般的神经，现在他不再鲁莽，不再惹是生非，而他的果断勇敢是跟以前一样的，我们是试验的受益者。"

黛西依然很担忧："跟一个没有感情的人一起生活，你能忍受吗？"

金吉尔的表情很平静：“这是大自然的一次突变，或者说错误。错误又如何，每一次进化对之前的传统而言都是错误，人类在一次次错误和突变中越来越完善。谁能想到，本来打算治疗脑死亡的新药，居然能改变大脑的深层边缘系统，还有基底核这些我也搞不明白在哪里的特殊部位，它能让一个人从此不再受到情感的困扰，这是伟大的成就。”

黛西叹口气：“是呀，就像现在的我，一刻儿也放松不下来，脑子里出现各种可怕的画面，睡醒时身体总是紧紧蜷着的，内德还有两周才回家，我该怎么撑下去呢。”

金吉尔把孩子放进婴儿床，说：“别害怕，我会陪着你。我们本来就不需要这么多丰富又无效的情绪，米尔罗斯早看出来了，内德智商高，技术和眼光也是一流的，可惜被情绪捉弄，业绩一直上不去。两周后他就脱胎换骨了，他会成为最优秀的操盘手。”

黛西别过头去：“生命中只剩下理性，真的值得吗？”

金吉尔坚定地说：“当然值得，别忘了，试验的代号叫‘希波克拉底的礼物’，接受科学的馈赠，把这当作一次重生吧。”

去接内德的这天，黛西早早约了金吉尔，就好像要跟一个不太熟的朋友见面，多一个人陪着心里总会踏实些。

看到内德从后巷里往外走，黛西鼻子一酸想冲上去搂住他，脚往前迈了一步又缩回来。内德走近了，拉起黛西的手，轻声说："感觉太好了，大脑里干干净净的，什么社交焦虑、可怕的灾难化思维都不见了，连个浅浅的印子都没留下。"黛西盯着内德的眼睛，他眼睛里像有两块净度很高的黑宝石，是她熟悉的那个内德，细看起来又有点不一样，他比以前从容多了，安静多了。她心里猛地燃起了希望，如果他能一直平静下去，好日子就真的来了。这些年她过够了提心吊胆的日子，以前有工作，时间还好打发一些，自从一年前失业在家，她的每一天都很难熬，目送他出门，等待他回家，家里的气氛取决于交易日行情的好坏，他持仓的股票涨了，黛西也跟着赚到一个安宁幸福的夜晚，大部分时候，内德心事重重地去上班，傍晚沉着脸走进家门，裹挟进一团阴郁的空气，她连大气儿都不敢出，也不敢多问，像个犯事的孩子一样偷偷觑看着他，寻找时机搭上一两句话。

她摸着内德脸上的皮肤，是有温度的，跟她的手指尖儿一样暖。大男孩内德又回来了。她拉着他离开阴暗的小巷子，说："内德，我对你没有要求，现在依然如此。"内德点点头："咱们很快就能要个孩子了。"

两人走到拐角的地方，黛西说要庆祝庆祝，在花店门口停下来，选花的时候，她才发现金吉尔早就悄悄离开了。

接下来，内德全身心投入到工作中，以前工作忙碌时他会忍不住暴食，大口喝酒，现在他饮食很节制，还能坚持运动，每天早起健身，晚上夜跑，黛西在玻璃窗后面看着他跑步的身影，心想这大概就是智者和上等人的生活方式吧。以前，焦躁、沮丧和恐慌像影子一样追随着内德，把他变成一个心智涣散的半大孩子，现在他一言一行都让人放心，动作沉稳有力，说话音调不高语速不快，黛西完全感受不到他情绪的变化，他专注于眼下的事，既没有被过去的失败死死魇住，也没有生活在对未来的虚幻预期中。

这天黛西注意到一则新闻，新药的副作用被曝光，政府迅速行动，收缴了正在分发的药物，取消了试验。又过了一段时间，社区隐约传出风声，人们才反应过来，把米尔罗斯家的暴富和这款药联系起来，他成了社区公敌，时常有人聚集在他家门口抗议，甚至有邻居发起了把米尔罗斯赶出社区的签名活动。人们觉得这不公平，米尔罗斯平白多了一层铠甲，取得了极大的生存优势。内德知道药物被查禁后，对黛西说，不会有新的竞争者进来了，我可能是最后一批不再受困于情绪的人。

离圣诞越来越近，内德的收入也越来越丰厚，两人商量着，不断更改圣诞节度假的地点。

这晚吃过饭，黛西边看电视边翻看旅行画册，内德忽然说：“你知道吗？东方是不过圣诞节的。”

黛西抬起头来，她知道现在的内德不会没话找话，这句话是有指向的：“你的意思是，我们也要跟着不过吗？”

内德说：“他们的证券市场圣诞不休市。”

“每天甚至每个小时，总有某个地方的市场是正在交易的，难道要把所有时间都用在交易上吗？”黛西关上电视。

“圣诞节可以休息，但如果市场有可能在节日期间发生波动，那坚守似乎是更好的选择。”内德微笑着。

黛西目送着他的笑容一闪而逝，说：“你现在工作很顺利，已经走在成功的坦途上，为什么一定要去挣圣诞节的铜板？”

“大波动很可能发生，这是一次机会。我的事业刚起步，每个机会都很重要，不能随随便便放过。”他耐心地说。

他这个样子让黛西更生气，她强压着怒火：“我需要考虑考虑。”黛西走进厨房，倒了一杯水，回想起几个月前内德陷入低谷的时候，家里弥漫着压抑凝重的气氛，两个人要么不说话，要么大吵一架，她受不了这种无望的生活，更不忍心看到内德像孩子一样可怜无助，他好像失去了支撑下去的最后一点儿力量。黛西心软了，他的事业刚开始好转，太不容易了，今年就听他的安排吧。

她正调适情绪，内德的声音传进厨房：“圣诞节前，我们去买上次你看上的那款车，这是最后的出价。”

“出价？”黛西把杯子重重地墩在桌面上，开门向金吉尔家走去。

黛西一边快步走着，一边猜测内德为何会使用交易用语。或许他就像一台精密的计算机，不断扫描着对方的情绪和反应，再去查阅人类最常见的反应模型数据库，自动生成成功率最高的对策。黛西心里发虚，有一种被看穿和识破的感觉。

刚到金吉尔家门口，内德的消息来了，提示音是几年前他俩在伊瓜苏瀑布录下的流水声，流水声响起，那道瀑布上的彩虹同时也在空气里拱起，声音渐渐弱下去，彩虹慢慢隐没。她盼着内德说几句好玩有趣的话，结婚前吵吵闹闹的时候，为了和好，内德会想很多办法，读一首诗，讲一个童话故事，唱她喜欢听的歌。黛西满怀期待地打开消息，内德的全息投影出现在面前，他认真地说：“黛西，好好考虑一下，这次会获得不少于十倍的奖金。”

黛西的手轻轻一扫，内德的脸先是变成线条纵横的棋盘，接着向四面溶解，不见了。

在金吉尔的劝说下，黛西接受内德的计划，独自一人去父母家过圣诞节。本来她不想在节前买车，她被内德从家里拖过去，试驾，签合同，提车，在坐进新车的一刻，心底的抗拒和不满消散，想到父母看见了眼睛里会亮一下，会暗自猜测他俩过得不错，她忽然开始期待过节了。

路上，行至湖区的时候，她把车停下来，走到湖边，跟天鹅和野鸭子打招呼，风吹过来，凉凉的，一缕一缕的，拂过她的面颊。她沿着湖边的小路走，一会儿走进阳光里，一会儿走进细细的雨幕里。远处的山和树映在清粼粼的湖水上，湖对面的山脚下建着一排别致的房子，红屋顶，大落地窗，白色的窗纱随风荡着，飘飘悠悠地扬起来，又缓缓垂落，看过去，不见有人，也听不到人的喧闹声，是个清幽的好地方，也许可以和内德来这里小住几天，白天坐在小房子前的草地上看湖水、看天上的云，晚上生起炉火，驱散屋里的潮气，再喝上一杯热热的茶。她想把这里的画面传给内德，手指悬在屏幕上面，久久落不下来。内德在工作，在紧张地盯着跳动的数字，万一让他分心就不好了。

车门像翅膀一样向两边张开，黛西从车里走出来，她看到父母接过她的行李时，目光在新车上停留一下，脸上随即露出宽慰和自豪的表情。

节日期间，来做客的亲友和邻居对黛西的新车很感兴趣，黛西一遍遍介绍着超声波遥控，演示着空中悬浮功能，当然车身变色技术也让大家觉得新奇，到了夜晚，月光打在车身上，车身变成闪闪烁烁的银色，像镶着一颗颗水钻，又像涂着满满一层水晶的碎屑，流线型的车体离开地面，缓缓往上升时，像一条刚从海水里浮现出来的银色大鱼。黛西坐在车里，随车身升到半空，她发出指令，车门慢速打开，银亮的双翼缓缓切进夜色中，接着车门关上，像开过的花缓缓合拢起了两片花瓣。她听到人们的叹息声，这画面美而神奇，让人叹息。

没等到圣诞节，黛西就厌倦了介绍和展示，这个工作交由父亲代劳。她向来认为车只是代步工具，不必追求先进和豪华，追求这些也是没有止境的。虽然她自认为早有防备，还是被一步一步诱使着来到这个局面中，好像她做什么也没有用，最终还是如此，一切都在内德的意料中，想到他理智的思考、冷酷的计算、高效的沟通，黛西并无半分敬佩之情，反而撇撇嘴，跟着打了一个大大的寒战。平安夜的晚上，彩灯闪耀，人们围在长桌旁，吃布丁，喝水果鸡尾酒，黛西不停地看向窗外，像在等一个迟来的人，终于等到内德发来祝福的信息，她几步走到二楼，打开信息，用心看了几遍。

是一种程式吧，连他俏皮的眨眼和嘴角牵出的笑容都像是提前设计好的。她赌气没回复，反正他并没有情感上的需求，她的牵挂，她的体贴，她想跟他一起过节的热望，对他来说，都只是一种打扰罢了。

回家的路上，她远望着被大雾笼罩的湖区，心里懒懒的，提不起再去看一眼的兴致，湖区飞快地掠过去了。转进社区时，她呼出一口气，心想一定要面带笑容地出现在他面前，她希望自己带进家里的，是快乐的空气。新年后不久就是结婚纪念日，想到这里，她嘴角上翘，摇晃着身体哼起歌来。

黛西早早为内德准备好礼物。

挑选餐厅也颇费一番周折，再高档的餐厅多去几次后也一样乏味，标榜主题、创意和仪式感，背后是掩藏不住的浓郁的商业味道，那些浮滑又俗套的营销技巧更让黛西感到厌恶，人坐在那里，浑身不自在，怎么也轻松不下来。黛西打算选择大学区附近的一家小馆子，恋爱的时候，她和内德经常来这里喝黑啤酒，吃炸鱼块。她把想法告诉内德，内德说地方你来定，又问是下周三吗，黛西说你的记忆并没有被抹去，不会连这个也忘了吧。内德笑笑，说只是再确认一遍。

在小酒馆里，黛西叫的还是黑啤酒和炸鱼块，两人尝一下，味道跟当年差不多。黛西让内德摊开手掌闭上眼睛，把藏在包里的礼物拿出来，放进他手掌里。是罗纳尔多签名的训练球衣。刚毕业布置租住的房间时，黛西想在房间里摆一件饱含着情感、储藏着回忆的物品，让这个租来的地方有一点儿家的气息，她知道内德疯狂地喜欢这个一百年前的传奇球员，就计划买一件签名的球衣或足球回来，在线上拍卖网站找了找，发现要价太高，根本负担不起。

内德睁开眼睛，黛西兴奋地看着他，说："是那个外星人，罗纳尔多的亲笔签名球衣。”内德嘴里“啊”了一声，展开球衣，细细辨认签名，嘴里说着，是真的吧，签名球衣。

黛西木然地走出酒馆，坐在路边抽烟。她想起第一个结婚纪念日，两人自驾到森林公园，预订的宾馆漏掉他们的信息，已经客满，他俩连夜去另一个镇上投宿。午夜后实在太累了，两人下车躺倒在路边休息。歇了一会儿，内德拿出提前准备好的蜡烛在公路边上摆出心的造型，又戴上兔子面具给黛西跳舞，黛西送给内德一幅画作，是她自己画的，金黄色的稻田上面，两个戴着尖顶红帽、手拉着手飞翔的小精灵，精灵上方的天空里，繁星、满月和艳阳同时出现。

黛西吐出一串烟圈儿，眼泪涌出来，眼前的一切变得模糊不清了。

回去的路上，内德沉默地开着车，她知道内德看到她流泪了，也知道内德不会抚慰她，甚至不会递上一张纸巾，这是他的正常反应，以避免发生交通事故，避免引起后续不可控的一连串的感情涟漪。黛西别过头去，盼着这段车程赶紧结束。她从未感觉到如此的孤独和寒冷。

一连很多天，黛西都提不起精神来。不想做家务，不想看书，打开一个电影，只要三分钟内吸引不了她就换下一个，还是看不进去，就这样一个个切换，一下午很快过去了。花园里的篱笆花墙久不打理，枯了一片，家里看起来乱糟糟的，东西用完了不归位，扔得到处都是，有一次她做饭时烫到手，就连续叫了很多天的外卖。

白天，她心神恍惚地窝在屋里，晚上内德回来后，她经常呆呆地看着他，看着他换上便服，看着他吃蔬菜沙拉，她问："内德，我们会一直在一起，对吗？"内德总是笑一笑，点点头。

这天晚餐后，内德翻开最新的财经杂志，忽然站起来，"我要去一下公司，模型增加了一个参数，也许会有意想不到的变化。"

黛西从沙发上弹起来，冲过去拦住内德，"今晚别去了，在家陪我行吗？"内德继续穿外套，换鞋子，说："灵感是努力工作的奖赏，没有日日夜夜的苦思，门捷列夫不会在梦中排列好元素周期表。我知道这个新参数会非常奇妙，家里的计算机运算不了这么大的模型。"

黛西哀求着，"我能跟你一起去吗？"

"你去有什么意义呢，可能会获得一些廉价的情感安慰，都是幻象而已。我也习惯了自己研究，别人在场会降低我的思维敏捷度。"

黛西怨恨地看他一眼，她知道那冷冰的大脑又进行完一轮快速运算，利用内德的声带输出了最优解决方案。

黛西说："求你了，小王子。这世上有无数的人，无数的花朵，只有咱俩是驯养之后互相需要的。"他俩童年时都热爱过圣·埃克絮佩里，他笔下的故事让他们无比笃定地相信爱情和婚姻。以往争吵的时候，只要有一方说出这句话来，另一方就会放弃坚持，不再赌气，哭泣着或欢笑着和解。

黛西心里暗自期待，期待内德走过来抱住她，说我哪儿也不去了。

她听到了门拉开又关上的声音，内德走了。

她双腿一软，倒在冰冷的地板上，不知躺了多久，内德还没有回来，她突然想到了金吉尔，她跟金吉尔处在相同的困境里，金吉尔是怎么解决情感需求的呢？

照例有邻居站在金吉尔家花园外抗议。黛西走近了，透过玻璃，看到金吉尔正推着婴儿车在窗边打电话，也许是通知警察吧。突然人群中有人拿起什么东西朝窗子掷去，黛西惊叫一声，想提醒金吉尔已经来不及了。玻璃轰然破裂，碎片如急雨般溅入屋内。黛西吃惊地看到，金吉尔机敏地弯下腰，用自己的背部和臀部挡住婴儿车，同时用双手护紧自己的头部。接着，她朝窗外望一眼，把婴儿车又往里推了推。黛西看到金吉尔的眼睛，没有一丝惊慌和愤怒，镇定，冷静，和内德一模一样。

黛西失神地向自己家走去，连鞋子掉了石头划破脚板都不觉得疼。

回到家中，她翻出照片，一张一张看，眼泪很快打湿了照片，她不出声地流眼泪，看着她和内德的笑容越来越淡，直到消失不见。她站起来的时候，一阵眩晕，想用手撑住桌角，没够着，身体歪斜着倒下去，头磕在落地灯的铜质底座上。她手里还捏着一张照片。

黛西睁开眼睛，左右看看，发现自己躺在病床上，内德手里拿着咖啡，正推门走进来，金吉尔和米尔罗斯在窗前的椅子上坐着。

内德告诉她，听说金吉尔家出事，我赶紧跑回来，却发现你晕倒在地上，那时你濒临脑死亡了，没办法，必须用特效药，你知道的，米尔罗斯能搞到。

米尔罗斯指一下自己，再指指黛西，表示大家现在都是自己人了。

黛西坐起来，“也就是说，我再也不会有眼泪了，对吗？”

他忽然想通了，他根本不需要寻找方今，从来都不需要，他需要的，是一个人独自面对这件事。

布衣之诗

孟九渊和老头站在院子西墙下，站在曾经生长过忍冬、连翘、瓜蒌、榆叶梅的地方。

还剩一棵石榴树。石榴树是早春时分栽下的，五月开花的时候，左邻右舍都说，对了，院子里有棵树，这就像个家了。树已活了二十年，如今没人侍弄也日精月华地自个儿长，循着节气落花挂果。刚立秋，果实还没上熟，果皮青绿油润的。

鸡窝的门敞着，不知被哪天的风刮开的。老头把门合严，说："一没人住，房子就瞎得快。"

俩人在院子里转悠，像上回一样，他们的视线最终交汇在前邻居家的屋顶上。孟九渊的嘴动了动，他看到老头的嘴也半张着，两人什么话都没说出来。

瓦间的草又长出来了，还有几片瓦开裂，露出了里面的木檩条。

老头努努嘴，说："你上去把草拔了。于家的人，说不定哪天就回来住了。"

每次陪父亲回老屋，还来不及清扫自家的院落，孟九渊就已经爬上房替于家拔草了。他蹲在屋顶上俯看着于家的院子，院子里曾经有一株杏树，一棵梧桐。眼下，梧桐只剩一截粗短的树桩了。大前年一伙拾荒者占了于家的院子，砍掉梧桐当木料卖了。在孟九渊的记忆中，这棵俊爽的梧桐树是跟夏天联系在一起的。漫长从容的夏日，退休老人沿墙根儿闲坐，狗侧躺在地上，身子抻得长长的。梧桐树繁茂的枝叶伸过院墙，巷子里落满树荫。孟九渊一直记得这幅画面，他仿佛能顺着梧桐的枝杈，滑进画面，滑进静谧安详的夏天的气氛中。梧桐到底没了，杏树也枯死了，失去水分的树枝像一只奋力张开手指的苍老的手，一把将孟九渊拽回到往事中。院子里还曾经有一块花圃，栽种着金梅、玉簪和鸡冠花，一只毛茸茸的黄猫，经常闭目趴在窗台上，或伏在冬青树丛里昏睡。现在，树、花、黄猫都消逝了，塌了一角的放煤球的棚子，地砖缝隙里钻出的蒿草，向四周弥散出浓浓的废弃感。

孟九渊望着于家的院子，它像一个衰弱的生命体吃力地喘息着。它的憔悴，它的累，缓慢而稠密地渗进空气里，它似乎连注视的目光都承受不了，随时可能崩解湮灭。

上周的一个晚上，老头端坐在沙发上，说把中央一台给我调出来。

他用重音说，“调（diào）”出来。一到儿子家，电视机就不那么熟悉亲切了，他尤其畏惧遥控器，怎么开关怎么换台，总也学不会。让他怵头的还有电子保温开水瓶，他误打误撞地“调（diào）”出过一次热水，至今都觉得神秘无比。

他盯着电视屏幕，说：“小孟，想回家看看了，你订票吧。”

在一个灰蓝色的下午他们回到了老房子里。老头抖开两床薄被，潮霉之气扑鼻而来，他皱着眉头把被子搭在晾衣绳上，用力拍打几下。

晾上被子，老头仰起脖子，说：“我去找找劲松。”孟九渊转过头来，“又找劲松？爸，别找了！”

老头摇晃着脑袋，自顾自出门了。很快，孟九渊听到邻居们打招呼的声音，紧接着是笑声，敷衍飘忽的笑声。他从房顶上站起来，看见老头倒背着手往河边走去，几个闲人重新回到马扎上坐好，还不忘朝着老头的背影伸出手指。

沿着梯子下来，出了院门，孟九渊走到几位老邻居跟前。

薛老师抬了抬眼皮，说：“回来了？”薛老师的眼睛变得很小，且形状是个难以形容的多边形。

“薛老师，你还记得方今吧，知道他住哪里吗？”话刚出口，孟九渊就后悔了。

“在城里吧，很多年不回来了，过年过节也不回来。”薛老师说话的声音很轻，生怕惊扰到什么似的。他脚边有一张低矮的小木桌，上头放着瓷缸子和暖瓶。春夏秋三季，无风无雨的每个下午，老人们都慢悠悠地喝着茶水，日子，就这样湿润柔顺地流过去了。

孟九渊来到河边，发现老头斜倚着一棵银杏树，眯缝着双眼似睡非睡，银杏叶子在他脸上投下一片片扇形的阴影。孟九渊也背靠着银杏树坐下，目光越过河水望向对岸，河对面是一小片杂树林，偶尔有鸟雀从枝叶间飞出，用尖而长的嘴在平静的水面上划开一道细细的线。几棵柳树向着河水倾斜生长，柳梢浸在水里。

他忽然睁大了眼睛，河那边，长长短短的柳条儿后面，竟停落着一只大雁。

天空中不见雁群，是一只淡褐色的孤雁。它俯低身子喝水，转头梳理羽毛，然后，安静地趴在水边草丛里。

直到河面起了雾，它和河水、青草、杂树林一起渐渐隐没在雾中。

夜晚从天空中释放出来，夜色一点点散开了，漫过房屋、河流、刺柏、玉兰、紫穗槐，空气里透出凛凛的寒意。此刻，阳光依然停留在南方的上空，透过玻璃窗斜斜地照进房间，落到他的书桌上，落在两页未完成的新闻稿上面。

孟九渊轻轻推了老头一下，说："爸，回家吧。"老头睁开眼睛，说："我梦见于劲松了，还穿着那件白色的跨栏背心。"孟九渊看着父亲，他眉尾下垂，眼神迷茫，气色也不佳。或许一个满腹心事的老人没那么容易进入梦境，或许不是梦，是他闭上双眼就想起了劲松。

老头又一次寻劲松不遇，孟九渊也没有打探到方今的确切消息。第二天离开时，云团滞重，坠得天沉沉下堕。门闩穿过门鼻儿，挂锁钩进圆孔，锁梁摁入舌槽，家，被关在两扇闭合的木门里，父子俩沿着窄窄的夹道走出这片老式居民区。孟九渊回头张望，平房一座挤着一座，颜色如同失去光泽的发乌的银块，在他眼里，它们还是一根绳子，不管他往哪个方向走都一次次地把他拉回来。

只要把服务员叫过来退湿纸巾，孟九渊就会想起一年前他和赵婵的短暂分居。

那晚，孟九渊在一家粤菜馆招待大学同学。读书时并不太熟，人家到深圳出差肯联系他，他心情还真有几分激动，他珍惜在这座新城见到故人的每一个机会。赵婵下了班也赶过来，张罗着点中上档次的汤和海鲜。席间，大家的交谈有点涩，恰如其分的涩，符合彼此关系的实际，话题也不庸俗，没有一个人谈及国内外形势。

完美的夜晚，完美得让人心虚，让人隐隐担忧，接下来会发生什么不好的事情。主食快吃完了，眼看就要宾主尽欢地散去，赵婵突然拿起桌上的干巾，说质量不好，招呼服务员退掉。她从手袋里拿出一包纸巾，说："这是在香港买的'维达'，湿水不破，韧着呢！"孟九渊偷偷瞅了她一眼，她的笑容看上去有点怪，他随即感觉到，感觉到这线条流畅的夜晚出现了一个明显的顿挫。

结账时，赵婵提出打包。孟九渊用眼神质问她，你这是怎么了？拿回家你吃吗？吃吗？赵婵避开他的目光，起身去柜台付钱，很快就有服务员来桌旁收湿纸巾。孟九渊按住湿纸巾，问："干吗？"服务员缩回手去，解释道："女士说了，没用的都退掉。"同学赶紧拿起来，说："不习惯用这个，退了吧。"孟九渊动作很大地扯开包装，说："我用。"

同学勉力微笑，准备和这对夫妻共同面对这场关于湿纸巾的可怕灾难。

回家的路上没有互相埋怨，更没有激烈的争吵，两人沉默不语，沮丧茫然。事败于最后一刻，似乎是带着自毁意味的有意为之。她一直是个大方得体的妻子，他则是个随和的丈夫，事情到底是怎么发生的？他们兵分两路不断返回到刚才的场景里，发现那里已变得气息芜乱，昏暗不明。

四个月后，赵婵才重新搬回家里住。他们终于能够真正谈论那个失常的夜晚了。

那天，赵婵蝉联了富华路支行的月度“最委屈奖”。她平摊双手，接过大红绒面的获奖证书，她不知道该做什么表情配合发奖，却突然感知到面部所有神经的存在，脸上的肉激烈地抽搐着。柜台经理高声宣讲：“小赵，对不讲理的客户，你的应对方式最恰当，隐忍的美德明星！”接着，他凑近了，声调变得很低，“放心，年终奖会有所体现的！”他的动作和话语都是引诱性的，似暗含着某种高深的点拨，又似柔中带刚的逼迫，赵婵只好使出全身力气擎起证书，拉开硬壳露出内页，快活地拍照留影，好开朗的样子，又仿佛是真得到了一个非凡的荣誉。

那天，孟九渊走进报社大厅，又一次被人拉住胳膊，他一回身，拉他胳膊的人就跪下了，同时扬起一张凄苦的脸，眼巴巴地看着他。但凡下跪的人，他都帮不了。他抽出胳膊转身进了电梯，背对电梯门站着，不多看下跪人一眼，他害怕记住那个人的样子。

接下来的夜晚，他们以为自己有能力管控情绪，若无其事地接待友人，愉快地叙旧，刚刚好的热情，不让自己受罪也不让客人受罪。回头再俯瞰那一晚时却发现，种种恶劣心绪，疲惫，憋闷，自怜，最终还是曲折而诡异地表达了出来。

此刻，服务员退掉了湿纸巾。外出用餐结束了，他和赵婵站起来往外走，身后跟着老头。到家后孟九渊在客厅里坐了一会儿，陪妻子闲聊，陪父亲看电视剧，圆熟地扮演着家庭公共空间的中心角色，感觉妻子和父亲都满意了，他才悄悄地拐进书房。

他压低台灯柔软的鹅颈管，让亮光均匀地铺在两页米白色的稿纸上。分居期间，报社新招来几个应届毕业生，他趁机调离了社会新闻部。此前，他的生活可凝练为一句话，“正在赶往现场的途中”，惶惶地扒拉几口饭，随时准备冲向事发地，旁观人世间最悲苦的一幕，争抢一点儿资讯的肉屑。回到报社，在编辑的催促下噼里啪啦地写，写完满头大汗，半梦半醒地去宵夜，第二天的报纸根本不敢看。书桌上的两篇“新闻稿”是调任编辑后写的，他终于有闲暇有心境——并自认为终于有智慧，去解开那个死疙瘩了。当他主动沉入十几年前的模糊旧事时，他发现，写新闻稿是最好的办法。一提笔，钨丝通电，职业性地对事实的渴求即刻苏醒：他像一尾年轻健壮的鱼在水流般的记忆里溯游而上，游回到某个特定的时空。

他决定在纸上写，让每一个字在落笔之前都磨得像颗光润的珠子。

记得第一稿的几句话足足花了三天时间。

成稿是这样的：本报讯（记者孟九渊）近日，留州市的两户人家因翻修房屋产生纠纷。于家翻修房子时将屋脊加高，引发孟姓邻居的不满。两家人在争吵中有肢体接触，居委会正进行调解。

手写稿一搁就是几个月。几个月间，接父亲来家里住，夫妻修好，添置漂亮的小家具小电器，过日子的兴头正盛，也就忘了稿子这回事。

后来父亲提出回老家看看，他才恍然记起写过的东西。他从杂物下面抽出稿纸，认真读了几遍。刚写完时曾感到轻松畅快，再翻出来读却觉得调子不太对，起头第一句话就不对劲儿。

做记者整整四年，他知道即使均以真实为前提，一则新闻也有若干种写法。

他很快写下了第二稿：本报讯（记者孟九渊）近日，留州市的两户人家因翻修房屋产生纠纷。于家翻修房子时将屋脊加高，引发孟姓邻居的不满。争吵中，于某将孟某打伤，派出所已介入调查。

还是不对劲儿。事件共有三位知情人，他是其中之一。作为供读者随便扫一眼的短消息，自然一点儿破绽也没有，但他是知情人，前后两稿的表述都让他感到气闷，却不知道该从哪里捅穿一个窟窿。

就在半个月前，他和父亲刚回过旧宅。离开的那天，天低得几乎擦着远处的房顶了。坐在通往机场的大巴上，那片老房子不断往后退再往后退，直到看不见了。几小时后，飞机起飞，机头猛地一拉，他喜欢这个瞬间，身体一轻，后仰着到了空中。很快，飞机升到云层之上，他透过舷窗往外看，高空的阳光竟如此丰沛，前方一个光明世界朝着他快速地奔涌过来。

孟九渊的意识还未完全清醒时，他的身体已经在晨袍里了，长及脚踝的宽松袍子，带子随意地拦腰一系。好像置身于一场梦的边缘，过了一会儿他才确定，屋里只剩他一个人了，赵婵在上班，老头应该在附近的公园锻炼。

他喝麦片，看牛羚迁徙的纪录片，用凉了的茶水浇花，又喝一碗麦片，老头回来后陪老头下象棋。他知道，第三稿已离他不远，他却有意放慢了步子。不是坐下就能写的，也许是酝酿情绪，也许是等待一闪的灵光，他暗自辨认着，还可能是隐隐的害怕和逃避。

即使不去写，那几句话也满满当当地占据着他，他忙着忙着动作就会迟缓下来，神情游离，一阵儿愣怔。

晚上，老头早早刷洗完假牙回自己屋了，他听到老头睡下才走出书房，见赵婵斜倚着沙发扶手，腿边放着《红楼梦》的上册。她始终没找到机会调离柜台，垃圾篓里还时不时地会出现大红绒面的获奖证书，他扒拉出来看，发现名字那里被她撕掉了，粉碎的纸片散落在鱼骨、剩饭、茶叶渣上，她那一刻的愤懑，具象地、材质坚硬地停留在垃圾篓里，但大部分时候她是平静的。他想，或许，腿边的那本书正是通往平静的几条秘径之一。

他来到她身边坐下，她捏捏他的手，轻声说："咱们喝杯杏仁茶吧。"说着，她走到餐边柜前，拿出两套带托盘的茶杯，杯子沿儿上描着银边，些微的亮色，并不华贵，倒有几分清扬之气。

隔一阵子她就提前买好各式小糕点，把老镇玫瑰图案的三层英式点心架从橱柜最高层拿下来，再把小糕点摆放好，沏上一壶红茶。两人静静地坐着，不怎么吃点心，也不怎么说话。杯子里热气升腾，一股安宁优美的气息随着红茶的热气渐渐蔓延开来。总有一些这样的时刻，能让人真切地感受到诗意的注入，然后，这一天就不一样了，跟之前过完的日子，跟之后要过的日子，都不一样了。她最喜欢用的，是Wedgwood的彼得兔图案瓷器，绘图的色调温暖柔和，鲜花，田野，绿树，狐狸、熊和田鼠，铺满青草的山坡，白栅栏围着的木房子，能把人一下子带进童话，带进早年间的欧洲乡村。每次她兴之所至，孟九渊都很投入很贴心地陪着她，不扫她的兴。她有很多值得同情的地方，比如说，她必须要穿成套的衣服上班，再比如说，她临睡前反复确认闹钟的闹时，明知没问题还是反复确认。她臆想过无数次的噩梦是：凌晨的某一刻闹钟电池耗光，而恰巧手机也出了故障，醒来时，晚了，已经晚了。清醒状态下臆造的噩梦渐渐变得无比真实生动，她甚至一口咬定，闹钟的指针是停在凌晨三点四十分的。

甜甜的杏香溢开了，赵婵就着杯子边抿了抿，说："今晚随便翻翻，居然在很熟悉的章节看出新东西来了。周瑞家一个俗气婆子，却给她安排了送宫花一节，仔细想想，多美的一笔。"

孟九渊点点头。他最喜欢的是下雨天宝玉去探望黛玉，没什么明确意图，就是下雨天去看看黛玉。那场景里包蕴着特别温暖、特别让人安心的东西，生活的恒常和平实，平实中又猛不丁地美一下，多么摇曳生姿。

见赵婵拿起书来，孟九渊就适时地退回到自己的角落了。

他依然感受不到平静，脑子里一片空白又拥塞不堪，枯坐片刻，才在纸面上写下一句话。

本报讯（记者孟九渊）近日，留州市发生了一起伤人事件。

比起上一稿来，第一句话就是个不小的突破。他兴奋地往下顺：于家翻修房子时将屋脊加高，引发孟姓邻居的不满。

争吵中，于某将孟某打伤，派出所已介入调查。

来到紧要处了。

他有意识地停顿一下，深吸一口气。再拿起笔来，纸面仿佛有了坡度，接下来的一句话几乎是快速滚过的：根据现场验伤的初步结果，于某涉嫌故意伤人，被警方带走。

总算写出来了。他虚弱地大张着嘴，双手撑住额头。他看到了，于某，于劲松，穿着白色跨栏背心，浓眉，黑亮的肤色，高高的颧骨。如果劲松哥还活着，现在也是个中年人了。

这时，理应出现在一小时前的刷洗假牙的声音却从门缝里透进来。他悚然一惊，背上已渗出一层薄而凉的汗。刷洗假牙的声音消失了，他使劲儿摇摇头，耳道深处骤然响起细而尖的金属声。他仔细辨听，鸣叫声从颅腔内部缓缓推进过来。他重新拿起笔，把最后一句话划掉，一笔一笔地划，再结结实实地涂满笔画间的缝隙。

更好生活的希望，出现在接到中介电话的午后。中介为老头在相邻的小区找到了房子。

挂掉电话，孟九渊在阳台上抽烟，抽得很慢，抽完了，又点上一根，没抽两口，揿灭了。他快步走进老头房间，说：“爸，房子找到了，专门给你找的房子。”

老头盯着他：“不住一起了？”

孟九渊说："你自己住自在些。"他心里忽然掠过不祥的预感，会不会太直接了？或许应该先徐徐吹风，多举几个例子，再小心试探，缓慢推进。

老头没有勃然大怒，也没有表示不舍，他马上打开衣柜，探身进去收拾，看起来有些迫不及待。

孟九渊松了一口气，说："先别收，不着急。"

对面一栋楼曾空出过单房，他和赵婵商量了半天，决定还是继续等。他俩预想到一些惊心动魄的场面，老头突然出现在对面的阳台上活动颈肩，或者，他俩和老头在花园僻静的小径上狭路相逢，周围没有其他人，谁都不知道说什么好。从在一套房子里互为幽灵，到在一个小区里互为幽灵，意义不大，想想也没意思。

老头搬走的这天，孟九渊清晰地感觉到，生活有未来可言了，跟调去副刊时的心情一样。他始终记得报道过的一起突发车祸，消息只占据半个手掌那么大的版面。只有他自己知道，为这半个手掌大的版面，他看到了什么。被拖行身亡的中年女人，乳房已被磨掉，他看到了两个黑幽幽的洞，血还从里面缓缓地流出来，像一双悲伤流泪的眼睛向他诉告着世界的无常。

此刻，他通体畅快，又一个剥离完成了。他和赵婵，饶有兴味地再次发现着对方的身体。他从背后抱住赵婵时，赵婵像挨近炉火的一堆雪，顷刻间化掉了。她的身体变成水，他紧紧地搂着她，像紧紧地搂住一截流水，他腾不出手来，用脚踹开卧室的门，她转过脸来，眼睛是闭着的，呼吸里有一股甘甜的味道。他们有时也借机发泄小小的情绪，同时清楚对方的边界在哪里，一到临界点就精确而及时地止住。毫无疑问，两人已找到一种最节省心力的相处方式，彼此都觉得舒适，自信能做成一世的夫妻了。

关于旧宅的新闻稿，不知不觉间便被安稳的现在遗弃到一边。他尝试过在第四稿里加入最关键的角色，试了几回，就是找不到合适的位置，他恼恨自己竟然没办法说清楚一个事实，赌气搁下了。

奇怪的是，老头没再提出过回留州，他跟这个年龄的其他老头没什么两样，惜命，怕死，被害妄想症……孟九渊仔细想想也就释然了，老头在深圳，和留州的那个院子，隔着南岭、珠江、鄱阳湖、天柱山、淮河……老头的此时此刻，与过去之间，隔着多莉羊诞生、戴安娜车祸、9·11、雷曼破产……横看竖看，都太遥远了。

莫名的烦闷感不再骤然降临，四处弥漫。松弛下来的孟九渊，读《论语》，读《范石湖集》，读张岱，读白居易，“嗟君两不如，三十在布衣”。日复一日，除了翻书的声音，四下寂然。

形如象牙，白如雪，嫩如花藕，甜如蔗霜。煮食之，无可名言，但有惭愧。省躬念前哲，醉饱多惭忸。君不闻，靖节先生樽长空，广文先生饭不足。读着读着，他在文字里看到了暮年的自己，他恍恍惚惚地看到，现在的自己朝着暮年的自己坠落过去，渐渐合并成了一个。往窗外一看，树叶苍绿，覆着一层薄尘，雨水少了，天短了，南方秋意不浓，这就算是秋天了。他望着远处，脸上的皮肤忽地绷紧了，他不清楚自己还在等待什么。他自言自语道，卯饮一杯眠一觉，世间何事不悠悠。我心忘世久，世亦不我干。莫轻两片青苔石，一夜潺湲直万金。他突然又觉得很轻松，要是能一直这样过下去，也好。

孟九渊没敲门，直接用备用钥匙打开了老头住处的门。老头正在吃面条，他瞥一眼台历，说："今天不是星期天啊。"

孟九渊摆摆手，说："房子要拆，刚打来了电话，这次，这次不一样，是真的。"

老头咽下一口面条，似乎一时没反应过来。

"爸，一块儿回去看看吧。"

老头还呆坐着，孟九渊大声说："方今肯定也回去。"

老头一脸迷惑，他思考一会儿，说："谁是方今？"

孟九渊心往下一沉，有些明白过来了。他低声说："你不回去找劲松吗？"

果然，老头问："谁是劲松？"

"劲松是谁？"

孟九渊指着老头的假牙，说："牙齿，打掉你，打掉你牙齿的劲松。"

老头摇摇头，狐疑地看着儿子，好像在说，我是个老人了，难道我的牙不是自然脱落的吗？

孟九渊在老头身边坐下，这几年发生的事情一波一波地慢慢地涌上来。母亲去世后，父亲开始到处打听劲松的下落，成为颇具知名度的魔怔老头。亲戚在电话里东拉西扯，最后万般不得已地提点他，他才恍然大悟，该把父亲接到身边了。

父亲对伤人事件的处理，经历了几个阶段。起先那几年，他到处说，劲松打掉了他一口牙，活该被逮，接着，不管别人怎么笑话，怎么捂着肚子笑岔了气，他认定劲松还活着，只是搬去了另外一个地方。母亲去世后，他逢人便打探，一本正经地打探，劲松到底搬往何方。

孟九渊偷偷观察着父亲，他继续沉迷在这碗面条中，咬开荷包蛋，挑起一根榨菜丝，脸上是毫不造作的幸福和享受。最近这半年，父亲的耳朵也有点聋了，很多话听不清楚，也不细问，光知道笑。

他想起赵婵来，赵婵每次撕掉"最委屈奖"的证书都自言自语着，赶紧翻篇儿吧，不然这工作怎么往下干。

看着父亲吸溜吸溜地喝面条汤，孟九渊真想拍拍他的肩膀头，对他说：“爸，你忘了，你熬过去了，接下来的都是好日子了。”

“我呢？”孟九渊问自己，“他忘了，我能忘了吗？”

孟九渊又看了一眼父亲，父亲正好也在看他，父亲很快转过头去，他的目光却没有移开，盯着父亲研究了半天，像是要确认些什么，最终，他还是拿不准。

算了，算了，就当父亲是真忘了吧。

孟九渊孤身一人，再次出现在留州。

搬走多年的原住户回来了，年轻人也一下子多起来了。空气中没有哀伤的味道，偶有几声叹息，疏远的，轻飘飘的，并不刻骨，隔着什么似的。的确，这片居民区早就不适宜生活了，也散发不出让人着迷的岁月感，在虚幻的美学意义上也毫无留存价值。

他撑着伞来到方今家门口，大门依然紧闭着。

正是留州的雨季。他喜欢大雾、连绵的雨、缓缓降临的夜色，这能让世界失去现实感的一切。雾中，雨中，夜色里的景象，迷蒙，静默，线条柔和，不再明晰清楚到刺眼触目，不再贫乏得让人绝望，喧闹也消失了。他看着稍远处的房屋和树木，蒙蒙漫漫的，像淡墨在宣纸上一点点地晕开来，洇染出毛茸茸的轮廓。这片老房子被雨幕和烟气笼着，晴天里直白的破败婉转成了意味深长的萧索。

第二天，雨还在下着。狗的吠叫，人们的笑声，渐渐压过了雨声。孟九渊撑着伞走过一拨拨聚集的人群，穿行于大抵相类的议题中：为终于被看上而额手称庆，为资本恩主的雄厚实力而感到欣慰，为即将加入管急弦繁的盛宴而焦躁紧张。

孟九渊快步走过，为自己处在如此了无新意的场景中而暗暗感到羞愤。

来到方今家门口，大门依然紧闭着。他没有马上离开，而是站在紧闭的门前，望着这片在雨中绵延的老房子。老房子，她并非一个不服老的迟暮美人，她服老，什么都服了。无论出门买东西还是在家接待朋友，都不再穿腰身那里抠进去的连衣裙，不再抹上玉镯子，也不再点口红。她垮着一张脸，眼神空洞，衣服颜色褪尽，离远了看都辨不出是男是女了。

为了避开在雨中高谈阔论、满心等待改造的人们，他特意从河边绕了一下。他看到孤雁曾经停留过的地方，还开着一大片一大片的蓝桔梗花，每片花瓣都吸饱了雨水，那蓝色越发饱满鲜亮，闪动着蓝色丝绢一样的光泽。

推开自己家的院门，他刚往里走了几步就停了下来。

他看到院子里有一只鸟。绝不是他熟悉的北方留鸟，不是松鸡、锡嘴雀、白颈鸦，不是红嘴蓝鹊，当然也不是过境鸟，两年前，他还在河边见过孤雁，一只看一眼就让人觉得心里难受的孤雁。

是一只天鹅。院子里有一只疣鼻天鹅，收着翅膀伏在地上，似一堆新雪，刚刚落到地面上的新雪。

在内蒙古的乌梁素海，他和赵婵见过几百只疣鼻天鹅，它们在湿地上悠游，飞起时像一朵云从水面上轻盈地飘起来。夫妻俩推迟了去下一站的计划，在半透明的蓝色湖水旁待了整整一天。傍晚，他半躺于湖边，赵婵撑着小船，从浑圆的落日前划过。有那么一瞬间，他看到赵婵进入了落日，浑然一体地嵌进一幅静物图画中。图画的一侧，一只天鹅正站立在水中凸起的石头上，在夕阳坠入乌梁素海的前一刻，静静地低着头，羽毛洁白，神态安详。

他来到天鹅身边，却不知道该怎么帮助它。天鹅途经华北，降落在一处院落。这只疣鼻天鹅，它将成为一只迷鸟。

夜深了。灯泡昏黄的光从门缝里漏过，落在院子里的迷鸟身上。一年一年地，孟九渊对旧宅的感情越来越淡漠，早已能坦然地接受它的没落和消亡。他只是觉得，任何行将变成废墟的存在，都应该落幕于悲壮肃穆的气氛中，不该如此仪态尽失。

幸好有了这只迷鸟，这只降落在废墟前身的迷鸟，它牵引生发出了各种想象，贫民区的上方氤氲起了迷离的美感。

一千年前，这里是荒地、沼泽还是一片看不到头的森林？或者是有人烟的，人们在这里劳作、一日三餐、生儿育女，他们的生活里也会有春雨和满月。月落日升，雨下了多少年了？雨多少次地落在同一块地面上？从现在往后数，一千年以后呢，什么会消失，什么又出现了？他想得有些出神。

远远地，他看到方今正忙着卖废品。他预先演练过很多种见面的方式，方今出现时，他竟然不敢走近了。他感到空虚，一阵阵空虚从心底泛上来，找到方今又能如何？或者说，见过了方今，又剩下他一个人了，后面该怎么办呢？他更加慌乱。

他犹犹豫豫地走到方今面前，刚想打个招呼，方今转身进了院子，眼神只在他身上停落一秒，没有认出他来。

他继续等着，直到方今卖完废品，把一沓暗淡的纸币塞进钱包。

方今抬起头来，在乍暗还明、迟疑不决的黄昏里，两个人面对面地站在衰弱的光线中。

方今问："你也回来了？"

他点点头，说："都回来了。除了，除了……于家的房子怎么办，有人过来办手续吗？"

方今扭身锁门，说："这类无主房按程序会登公告，也许会有几个远亲看到。"

他接着说，轻声细语地，“你父亲身子骨还好吧，别到处丢人出丑了，那不过是个意外。谁也预料不到于劲松在监狱里会生一场出血热，劲松的父母呢，年纪大了，都有老死的那一天。生老病死而已。”

那不过是个意外。就这么算了吗？难道就这么算了吗？

孟九渊呼吸变得越来越急促，攒了千言万语却一句完整的话也说不出来，一着急，眼睛睁开了，昏黄的灯光扑进眼里。惊醒后他先从窗口往外张望，疣鼻天鹅还在院子里趴着。

他忽然想通了，他根本不需要寻找方今，从来都不需要，他需要的，是一个人独自面对这件事。

夜色漆黑，孟九渊沿着梯子爬上于家的房顶。多年昏睡不醒的院子张开了眼睛，在黑夜里晶亮如星。暴怒的劲松被他的父母一左一右夹着进了屋，屋门从里头闩上了。院子中，一阵风刮过，粉白轻软的杏花落雨般洒下。父亲捂着流血的嘴，一脸不甘地站在杏树下，头发上沾着几片杏花。观战的人们很快散去，只有方今捏着下巴，不住地摇头。过了片刻，方今诡秘地说，你这顿打，白挨了。方今凑到父亲耳边，孟九渊依稀听到一些专业而高深的词语，父亲如受神启，满面放光。接下来，他看到了青少年时期最让他迷惑的一幕，父亲的拳头在空中晃动了几下却曲线诡异地捣向自己的牙床，他的牙齿脱落了一颗，又脱落了一颗。窗台上的花猫尖叫一声，它肚子一鼓一鼓的，身子弓起，尾巴也朝上直直地竖起来。

天快亮了，他沿着梯子下来，发现院子中央的天鹅已经不见了。他在天鹅待过的地方久久站立着，直到雨线又密密地织起来。

他坐了一上午车，来到离留州最近的海岸线旁。他用贝壳在沙滩上写下一首诗，然后，爬到海边的一座山上，看着写完的诗行被海浪冲掉了。

天空越来越低，漫天的星星朝着大地俯冲过来，光滑安静的圆月掉在水面上。青蛙从一片枯荷叶跃上另一片枯荷叶，月光碎了。一只鸟在空中静立，夜色中几乎看不到翅膀的振动，它悬在那里了。

出入

林君和梅杨夫妇俩，“五一”就开始计划“十一”的行程，从希腊到清迈，从阿根廷到南非，世界像个小巧可爱的地球仪，尽收视野之内。假期真的要来时，他们哪里都没预订，一切都晚了。

九月末，林君坐在办公桌前，双手圈住马克杯，眼睛盯着水晶相框，照片是一家三口在大堡礁的合影。他忽然意识到，举棋不定的真正原因，是，他不想跟妻儿同行。他把相框扣在桌面上：这两个人，深深地打扰了他的生活。他都到这个年纪了，还没有多少时间做自己真正喜欢的事情。

晚上他回到家里，发现梅杨情绪低落，她又在白话李卫红。上个月，夫妇俩应邀参加了李卫红举办的冷餐会。李卫红身着波尔卡圆点连衣裙，黑发高高绾起，她站在窗下，细长的手指拈着细长的红酒杯脚，仪态万方。客人到齐后，她的目光像过了筛，细密均匀地洒落下来，把新朋旧友都照顾到了。她在人群中翩翩穿行，分享自己做酸奶、发豆芽、调制固元膏、酿葡萄酒、阳台种菜的心得。阳台上，西红柿成熟得开裂了，胖大的辣椒上有一层蜡质油膜。水灵灵的豆芽，艺术品般支棱在果盘里，绝非尿素浸泡过的粗大货色。

除了是位炫技派的生活艺术家，李卫红还是职场马太效应的受惠者，照梅杨的话说，每次都是她，跟提前录制好的一样。梅杨始终生活在李卫红的阴影下，鄙视她愤恨她，却又受虐癖般地不能停止接近她。从某种意义上说，李卫红深深地介入到这个家庭，也是成员之一。

有一次，梅杨说："李卫红有两个手机号，双卡呢。"

林君说："双卡很高级吗？能说明什么。"

梅杨说："神秘，有力，关系多。手机是社会关系的总和。"

还有一次，梅杨说："我发现了李卫红的秘密，每月最后一个周三的下午，她的QQ和短信就响个不停，她拿出专门的时间发邮件发短信留言QQ，润滑各类关系。"

林君说："你们疾控中心的大夫，专业人士，业务过硬就行了，还搞什么关系？"

梅杨说："现在不是到处都讲业绩吗，交游广阔、相识满天下才有业绩可言，她还组织了蕙兰读书会——”梅杨突然变了声调，嘲讽道，“真是个精致美好、懂生活、有情调的女人啊！”

林君也笑了。他想，李卫红以及她所展示的生活，喏，多像一株工巧的盆景。

今晚，梅杨又陷入到无尽的惆怅和自责中。她说：“卫生局的一个副局长来中心调研，李卫红惊诧地瞪着眼睛，对副局长说，我都不敢认，您太年轻了。夸得那么自然，跟真的似的，把副局长哄得哈哈大笑，气氛特好！我就说不出口，说出来恐怕也弄巧成拙，没那个效果。”

林君说：“戏路不一样，你别总想着出彩，能接个顺口话就不错了。她天生就为场合而生，老练，松弛，反应快，有幽默感。”

梅杨说：“也未必，说不定是经过练习得来的自然，不知多少次尴尬、失误、冷场换来的呢。”

她吞吞吐吐起来，林君意识到，这并不是一次漫无目的的絮叨。

梅杨说：“有人在背地里传，李卫红经常去听万把块钱一场的讲座。”

每次陪着妻子讨论这些俗气的人事，林君的内心都有几丝隐隐的厌恶，他不想被拖入泥潭。但听了梅杨这句话，他心里一动。旅行计划被有意无意地搁置，竟是不谋而合，竟源于两个人均难以启齿的对分开的渴望。

紧密的集体生活终于裂开一道缝隙，儿子去姥姥家疯几天，刚割完乳腺瘤的金毛犬被送到宠物托养所，梅杨参加了一个“锻造人格魅力、搭建高端人脉平台”的培训班，而林君，终于有机会体验短期出家。

雨没下透，焗炉般的蒸热天气，但一上山就有清凉的风，富有线条感的风，扯成一条条地吹拂过来。沿着一条青石板路，林君来到半山腰的开阔地，他往高处眺望，看到寺院依稀隐现于逶迤山势的尽头。天上也在刮风，水墨色的云团擦着庙宇的黄瓦飞檐，缓缓飘了过去。

终于站到平坦的山顶上，红尘的烟火灯光在远处明灭，杳杳渺渺似一幅虚化的照片。满目皆是山，生动而浓郁的山，被层层叠叠的亚热带植物覆盖着，呈现出饱和的墨绿色，润泽了他的双眼。

他办好手续，走进居士寮房。寮房恍若宾馆的标准间，床单雪白，沙发松软，只没有电视和网线。他往窗外一看，群山环绕，静默无言，是个清净的栖身之地。

他换上僧袍，在寺院里走了走。山门处分发“文明香”的义工大都是中老年妇女，一张张历尽沧桑的受苦的脸。偏殿开着一扇小木窗，窗口里坐着个眉眼清秀的和尚，负责登记功德善款，记录金额和心愿的小本子叫“缘簿”。两个厂妹打扮的女孩在窗口前叽咕了半天，后来，林君在缘簿上看到她们的心愿。两人总共捐出十元钱，写下两行字：找份好工作，嫁个有钱人。林君摇摇头，十块钱办这么大的事！他不禁怜惜起两个年轻女孩来。

香客来来往往，不时有善信跪在蒲团上叩拜。林君观察着祷告的男女老少，却只发现了一种表情：对所有的失去都心怀恐惧。

天色渐渐暗下来，起了雾，水意溟蒙。林君回到寮房，无事可做也就睡了。

是鸽子叫醒了他。

他走进地藏殿开始早课。出家班总共三十几个人，他收起了射线般的目光，那种一眼就能把人剥光，就要盘问出社会位次和经济状况的目光。他仔细端详每位学员，只是为了确认没有熟人。眼前的面孔大都寡淡平常，只有班首引起了他的注意。班首额头上有一道疤，并不狰狞，形状还在，颜色已经旧了。林君还看到，班首的手腕上戴着一串玛瑙佛珠。他的手腕上则是红绳串起的小叶紫檀佛珠，陪伴他四五年了。正是这几年，他总处于生病的前兆，却又生不出来。能生一场感冒也好，跟出身大汗一样，该多叫人舒服和痛快。

细雨般的梵呗声洒落下来，滋润着心上的疮疖痈肿。他微闭的双眼渐渐失了焦，那些坚硬如石头、清晰得纤毫毕现的人，终于变得模糊迷蒙。他一直不愿向妻子坦白，他也被众多男版李卫红包围狙击着，现实里的朋友，以及传说中的才俊，都是一种令人沮丧的提醒，甚至是让人心悸的警报，不管认不认识，一想起他们存在着，于他就是如影随形的压力。

今夜，他依然早睡，睡得并不沉。半夜下起了山雨，温柔和缓的丝雨，没有一点儿火气。雨声若有若无，他坠落到梦境里。

他是被惊醒的，迷迷糊糊地，仿佛有人呼唤他的名字，又似电话铃声的催逼，一声比一声紧迫。过了好一会儿，他才辨识出，是隔壁传来的哭声。哭声在黑夜里找到了他的耳朵。

眼泪晕染出一幅画面：一个成年男人在哭，哭的方式却分明像个小孩子，闭着眼，张着嘴，从喉咙里往外号。

林君起身走出去，站在隔壁房间前静静倾听。哭声渐次小了，里面的人在努力控制，似乎用双手把自己的脸摁在枕头里，摁得死死的，声音被闷起来。接着，哭声越来越微弱，像蜿蜒向前的溪流，流着流着越来越细，终至于干涸了。

他犹犹豫豫地正想离开，哭声却似倒伏的麦浪，猛然被大风吹得站起来，是放声大哭。

他和一个哭泣的男人，隔门而立。黑暗像一把撑开的伞，罩在他们头顶。

他心里升腾起一股陌生的热情，冲动地敲响了门。他随即就后悔了，懊恼地后退几步。这男人只想躲进深山的寺院，把攒了很久的眼泪哭出来，为什么还要打扰他？

然而，哭声如遭刀割，齐刷刷地断了。

接下来的几天，林君的睡眠变得很差，他总能听到哭声，醒来才发现是做梦，一看表才凌晨一点多。

出家班成员之间是布满孔洞的疏松关系，每个人都独来独往沉默寡言，刻意保有疏离感，享受着咫尺天涯的美妙，谁也不愿轻易打破。林君始终不知道隔壁住着谁。

打坐诵经时，哭声也水一般地漫上来，从脚底往上漫，冲散了他心底的寂静，杂念像脱线的珠子到处滚动。某个瞬间，他感觉自己变得很轻，在空气里浮起来。他被千万条丝线扯动着，沿着一条小径飘下山，飘着飘着，就来到山脚下的人间。

一直等到晚课结束，他的意念都没归拢，尘埃般悬浮舞动。

今晚是在寺院度过的最后一个夜晚，他忍不住打开手机。短信叮咚叮咚地来了，其中有五条来自梅杨，内容都一样：七号下午两点钟，来薛荔会所参加我的“毕业典礼”，务必。

假期已绝尘而去。他懊丧地躺在床上，此行并未收获安宁，反而越发疲惫，疲惫得像城市的一条主干道、超市的一台收银机、玻璃幕墙上彻夜闪烁的灯饰。

恍惚中，他走进一个幽深的地穴，沿着一条长长的暗河前行。岩壁上不时有水珠滴落，他全身湿淋淋的，如一片吸饱水分的沉重的树叶。

他在不适感中醒来，摸摸身上，只有夜露的潮意。他猛然意识到，隔壁的人又在哭了！他把耳朵紧贴在墙上，哭声是一种暗语，而他都能听懂。

他身体里有什么东西往外涨，终于，柔软脆弱的双眼先被涨破，他也跟着哭起来。他想起过往的自己，无论什么场合，领导一说话，他就拿出笔记本来认真记，不知有多少人背地里瞧不起他。他想起现在的自己，副调研员林君。他羞于告诉任何人包括自己的老母亲，他偷偷找天桥下的小瞎子算过命，卜问前程。

明知小瞎子骗他，他也甘之若饴地上这个当，真是痴啊。

他总对自己说，一心想往上攀是为了儿子——看看吧，他生活得多么不诚实。

汗液和病，仿佛也随着眼泪汩汩流出。

后来，他来到湖边的一棵野茶树下坐着。四面八方全是绿，成片成片的，富丽而又自由的巴洛克风格，从青苔、蕨类、灌木丛到高大的阔叶树，深深浅浅的绿色向上升起，又跟随青山往天际曼延。夜色里，那色彩具有了某种浓度和体积感，像油画上大块大块的颜料，从画布上往外凸。天空越来越低，漫天的星星朝着大地俯冲过来，光滑安静的圆月掉在水面上。青蛙从一片枯荷叶跃上另一片枯荷叶，月光碎了。一只鸟在空中静立，夜色中几乎看不到翅膀的振动，它悬在那里了。

僧人的诵经声一波波涌向寺院上空，干净透亮的声音，像刚刚用清澈的秋水洗过。

他隔壁的房间走出来一个人。借着晨光，他看到，那人的额头上有一道疤。

薜荔会所坐落于宁静的山谷中，一进会所，林君就被一种诡异的气氛感染。工作人员背部插着两片天使般的雪白翅膀，她们向家属做出噤声的手势，把十几个惶惑的家属引到拱形大门前。很快里面有天使出来接应，内外天使眼神交流后，大门徐徐开启。

灯光幽暗，音乐声像片片羽毛飘荡在空中，林君侧耳倾听，是巴赫的《马太受难曲》。一个海明威式美髯的外国老者站在高台上，念念有词。中国女翻译身着金丝绒绲边的丝缎盘扣旗袍，胸前挂着十字架，声音轻柔舒缓，是催眠的音调和节奏。一方朱红色的匾额悬挂在墙壁正中，书着“玄真”两个大字。窗下供着一尊观世音菩萨像，旁边的书架上码着一摞书，《唤醒心中的巨人》《别让不好意思害了你》《穷人羊性，富人狼性》，诸如此类，不一而足——这是一个具有高度概括力的错落的场景，足以承载任何巨大的迷惑。

所有的学员都闭着眼睛，手拉手围成一圈。林君找到了妻子，她安详满足地站立着，是圆圈上的一环。忽地，外国老者的声音高亢起来，女翻译一声令下，学员们立刻卧倒，匍匐而行。他们的脸贴着地面，手向前伸展，爬了几步后，众人的手在圆心处会集，以另一种方式重新组合在一起。

又一声号令，人们站起身来，拉着手后退，形成一个更大的圆圈。接着，他们的手松开，默然而立。

天使示意家属找到自己的亲人并站在其面前，就位后，煽情的音乐声骤然响起。学员接到指令，睁开了紧闭的双眼。他们马上看到自己的亲人，欢呼声四起，气氛温馨热烈。林君配合地张开双臂，脸上露出鼓励赞许的微笑。他想起两人之前的一次拥抱，是在许巍的演唱会上。一片漆黑中，天空里蓦地投下一束光柱，许巍已站立在舞台中央，宛若天神临凡。接着，灯光制造出更奇特的效果，万丈光芒仿佛从他身上辐射出来。他开始唱了，是《空谷幽兰》，四言古诗的歌词，180度的显示屏上，鱼儿离开了水，游过竹林，游过莲花，直至转身向上，游向天空。禅意和山林气像一场大雾从天上落下来。许巍弹拨着吉他，声音从清朗明净到若有若无，在几乎快听不到时，忽然所有的乐器都进来了，一起进来了，于是声音成了画面，各个感官被组织联系在一起，一座山陡然从地表迸出，耸入云霄。林君扭头一看，梅杨的脸上已是两行眼泪，她仰着头，轻轻摇晃着自己的身体。一曲终了，有人发泄般地喊叫，声音都劈了，有人默默流泪，黯然神伤。许巍像个伟大的宗教领袖，一言不发而目光所及之处，人浪翻腾，欢声雷动。林君抱住了梅杨，这么多年来，彼此已近于中性的存在，但那个时刻，他像抱住一个无助的少女。

此刻，梅杨从他怀里挣脱出来。她像大猩猩一样捶打着胸口，说："这些天，我自己修理自己，修理到了最深的一层，改过自新的感觉真好！"

女翻译的声音又响起了："在亲友见证下，你们实现了惊人的蜕变，为新生狂欢吧。"学员们得令，开始动作一致地跺脚，同时高举右手："我很棒，我很棒！打开自己，打开自己！"

磅礴的音乐适时插入，大团彩纸从穹顶喷射下来，灯光也开始发力，快速频闪的摇头灯令场面更加火爆。众人神情迷乱，又哭又笑。不知何时，角落里多了四面大鼓，身着红衣的壮汉挥动双臂，鼓槌落在紧绷的鼓皮上，声音雄浑有力。

果然是鼓动人心。林君也兴奋地跟着人群舞动，随机地握手拥抱。他渐渐融化在人群里，感觉到前所未有的隐蔽和安全。他身边有个老太太，已到了祈求松鹤延年的年纪，竟然还对他说着步步高升的祝词。还有一个中年男人，高声宣告："我脱胎换骨了，我脱胎换骨了，我要卖掉十万台透析机。"梅杨不知从哪里冲出来，凑到他耳边说："人是会进化的，我把自尊心进化没了！我跟每一个学员都混得很熟，好朋友，交了心的！"

每个人都呈现出满血复活的亢奋状态，人群中不时传来大彻大悟的金句。人活着不是为了找到自我，而是为了破除自我！站在自己的对面，就意味着潜能将被开发！什么是放下？就是放下矜持，放下原则，放下你受过的教育，方得大解脱大自由！

蓦地，所有的灯都亮了。鼓声停歇，老者和女主持也不见了。

梅杨跟朋友们道别，看起来亲和、自信、充满魅力，像个真正的社交高手。

走出会所时，林君在前台看到一个男人，虽然男人脱下了僧袍，他还是一眼就认出来了。男人正在刷卡，服务员跟他确认：是初级班和中级班连读吗？男人说是。磁卡爽利地刷过机器的沟槽，发出魅惑动听的声音。林君一边走，一边扭头往回看，男人还在跟服务员说着什么。

林君听得不是很真切，他依稀听到男人说：“我要单独见住持。”

这时，梅杨幸福的告白声清晰地传到他耳朵里，她说：“林君，我，我可是修成正果了。”

她始终记得，丈夫食指在下、中指在上拈起一颗棋子的模样，还有棋子落在楠木棋盘上的声音，玎玲落子的一瞬，忽然生出寂静来。

朋霍费尔
从五楼纵身一跃

海德格尔行动筹划了已有半年，总是快成了，到底又没成。周素格透过玻璃窗往外看，大晴天，阳光从无云的天上浩浩荡荡地涌过来，阳台，花坛，泳池，到处积着白亮的光，看得她一阵儿眩晕，转回头来向着室内，眼睛里似蒙上了一层雾翳。

钟点阿姨负责清洁的最后一个地方是厨房，眼看阿姨晾抹布摘围裙了，周素格才下定决心，还是张嘴吧。

她把阿姨拉到卧室里，问："你再待两个钟头行吗？"

阿姨警觉地扬起下巴，说："活儿干完了，瓷砖缝都用牙刷来回刷了。"

"再待两个钟头，不干活儿，看电视。"

对方正犹豫着，她补上一句，"这两个钟头也付给你酬劳。”

阿姨朝门外努嘴：“他呢？”

“他不跟我出去，你俩一起看电视吧。”

“你出门办重要的事情？”

周素格点点头：“是，有重要的事情紧着办。”

她走到电梯口，盯着楼层显示器，电梯在17楼停了一会儿，动了，每层一顿，她没再等，转身沿楼梯走下来。她步子急促地走出小区，穿过斑马线，进入路对面的公园，找到一张长椅，坐下来。

眼前是一块草地，网球场那么大。她望着草地，心里只有一种感觉，辽阔，太辽阔了。她塌陷进椅子里，身体本来像一把扎紧的线穗，这会儿，倏地全松开了。风是暖润的，阳光从树叶间漏下来，碎碎地落在身上。她向后仰着头，眯起眼睛，看到无云的天空像一张干净的没有皱纹的脸。

头顶的树叶，被阳光照耀成半透明的片片琉璃。她呼出一大口浊气，顿觉全身一轻，眼目也清明起来，目之所及，往常混沌沉闷的那一整块绿，活泛跳闪起来了，在初夏澄净的阳光里，各有各的意态。凤凰木、鸡蛋花、垂榕、香樟，她一一辨识了出来。

还有更多的树，绿得深浅不一，叶片形状各异。她有些惭愧，此前，她一直以为它们是同一种树。她沿着被树荫覆盖的小路往公园深处走，细细地看树干上的标识牌，绢柏、大叶紫薇、菩提、黄缅桂、木莲……远处的斜坡上，孤零零长着一棵树，正开着蓝色的花，一种恍恍惚惚的蓝色，花朵聚集在树梢，如一场场梦境般，浮在空气里。她走近了看，这棵树叫蓝花楹，它还有一个更美的名字，蓝雾树。

她倚着蓝雾树坐下，身下的草，在这背阴的地方，绿意更加凛冽鲜明。不远处，一个老太太领着一个三四岁模样的小女孩玩耍，小女孩看起来很不高兴，她一做状要哭，老太太就慌了，把她抱起来轻轻摇晃着。晃一会儿，老太太试探着把小女孩放下，小女孩不依，老太太就蹲下身子藏在灌木丛后，然后猛然露出头来，嘴里发出“叭叭”的声音，小女孩嘻嘻笑了。周素格看到，孩子暂时得到安抚后，老太太转过身去疲倦地闭上眼睛，很快又睁开，眼皮奋力往上一努。她挤眉弄目，不断露出夸张的表演性的神情。周素格望着老太太，只觉得累，觉得伤心。再远处的花墙下，聚集着成堆的老人和孩子，好像大家聚在一起，度过一个下午就不那么艰难了。照看孙辈的老人大多是胖子，不是源自于单纯享乐的胖，是终日劳累精神紧张暴吃出来的那种胖，她们穿超市开架的廉价服装，兼之头发稀疏一脸横肉，看起来总有些不堪了。周素格知道，她们本来不是这个样子的，她感叹着，把目光从花墙处收回来。

老太太又神秘地消失在灌木丛后，露出头来时，小女孩没有笑。她只好抱起女孩，去了花墙那面。过了一会儿，一个年轻女人走过来，坐在蓝花楹树冠的阴影里，她看起来有些心神不定。很快，她的手机响了。她受了惊吓般从包里翻找出手机，她说：“怎么了，我还在商场，衣服没挑好呢，回不去。”她有些急，“到底怎么了，你说呀。”她说：“你别把孩子送过来了，我回去吧。”

周素格同情地看着年轻女人，电话那边应该是她丈夫，周素格猜测着，又是一个无比重要的女人，刚出来不到半个钟头，丈夫就通知她，孩子哭了闹了，也可能，没说孩子想妈妈掉眼泪了，就一句话，“你回来看看就知道了”，不祥的气息从电话里透出，女人心往下一沉，然而又觉得这情境甚是熟悉，未及辨认清楚嘴里已答应回去了。

年轻女人没有马上回家，女人把自己摊平躺倒在草地上，躺了一会儿才起身离开。

周素格看看表，她也是时候回家了。她走出浓荫，置身于夏日阳光的明亮中，明亮得像歌剧女演员的一长串高音。

路上，她想着美好的蓝雾树，想着发生在蓝雾树旁的两幕小小的悲剧，一步一步地往家里挪。

昨天晚上，她想出去散散步，没什么，就是出去散个步而已。她刚站起身来，他马上也跟着站起来。她看一眼他脸上的表情，即刻判断出，这会儿他不是成年人。她说：“你先坐下，别动。”她边往储藏间走，边回头看他，他动作迟缓地坐下了。

储藏间里放着一把椅子，楸木框架，布艺软包的靠背和坐垫，可折叠，最大角度120度，真是一把宽大舒适的座椅。半年前，她找遍家具卖场才寻获到这样一把椅子，她掩饰不住自己的满意，以至于连九五折的折扣都没有要到。她以为自己早就准备好了，准备好做那件事了，工具齐备，具体实施时动作的步骤和要领也烂熟于心，或者说，她在意念中已完成过很多次。她甚至专门为那件事起了个代号，就叫“海德格尔行动”。

她坐在椅子上，椅子含着她，储藏间的杂物含着她。每次在储藏间待久了，看着木架上一层层放好的生活物品，就好像看到了一层层时间，云母片岩一般的时间。小小的杂物间盛放着过往那些有密度有兴致的生活，分类放置的用品，代表着过去某段时期在某个领域的阶段性狂热。她时常在清晨午后的某些时刻讲究仪式感和器具之美：生活中需要这样的时刻，哪怕有些做作，哪怕心知肚明这不是常态。储物格里是软布覆盖的茶具，抽屉里是闲置的烤盘，角落里是蒙尘的长方形塑料盆——她喝茶、烘焙和种菜的残留，那些曾经热烈的过日子的兴头。

实施海德格尔行动所必需的工具，被她藏在储藏间最隐秘的地方，一个暗格里，跟她的白玉吊坠、珍珠手串和金饰放在一起。工具说平常也平常，但毕竟不是常见的家庭日用品，托老家的亲戚专门找了寄过来，颇费了番周折。

她抠开木板，往里头看，先看见的不是黄金珠玉，不是发光的黄金珠玉，是那件颜色暗沉的工具，一下子就扑到眼睛里。

她已经很久不佩戴首饰了，但始终记得首饰接触身体时的感觉。夏天戴上珍珠时那一瞬间的微凉，冬天热热的白玉坠子从毛衣里拉出来时胸口的虚空。

她抬起手来，准备取出工具。手缓缓地接近柜门时，她看见自己手上的皮肤变柔润了。有光透过玻璃窗，照进幽暗的储藏间，月亮出来了。

她挽起窗帘，重新坐回到椅子上。月光顺着黑暗淌过去，跟那天晚上的月光一样，柔软，轻逸，静静地在房间里漾着。得有十年了吧，那个夜晚，依然清澈地浮在无数个模糊晦暗的日子上面。

那晚，她走进卧房，摁下吸顶灯的面板，灯管沙沙两声还是熄灭了，房里却有光。她走到窗前，发现了天空中的月亮，月光沿着她散开的头发披拂而下。看到手臂上的光，她蓦地愣住了，仿佛是多年来第一次意识到夜晚还有月亮。清光湛湛，溶掉了一大片黑夜，月亮周围，是冰环一般的莹白的清朗，接着，才是灰蓝色的夜空。他也走进来，跟她并排站着。她说："我想起来了，以前读过的古诗都活了，有自己的气息和体态了，我好像一下子能回到古时候，亲眼看见写诗的那些人了。你看看，唐朝的月亮，不也是这一个吗？"他说："我知道，不用多说了。"他们两人，心领神会，他们两人和月亮，也心领神会。久远古老的月光，雪一样轻盈地落在他们的身体上，又化成了水般流向地面。月亮是痴的，多少年它都没变。他们在月光下并排坐着。她全身松弛，只觉得安详，她在他脸上也看到了踏实和平静。那一刻她确信，他们抓住了一点儿不变的东西。那是个安全和确定的晚上，每次世界又让她惊惶难安时，只要一想起有过那样一个晚上，她就觉得心里踏实了。总有一些不变的东西。

此刻，她坐在椅子上，为明明没做成的事歉疚着：你想做什么？你想对他做什么？她合上暗格的门板，使劲儿摁了摁，像是要把那个邪恶险峻的念头关在里面，关严了，封死了，直至化成时间的灰。

她走出储藏间，把他从沙发上拉起来，说："走吧，我们一起散步去。"

他们沿着人工湖的步道散步，月光在湖面的开阔处随水波潋潋地晃荡。他跟在她身后，不像影子，像是长在她身上了，硬石头一般，磨着她，坠着她。

夜里躺在床上，他抓着她的手才能入睡。自从朋霍费尔被发现摔死在小区天井后，他的情况就更糟糕了，清醒的时候越来越少。熟睡时，他依然花着一部分力气攥住她的手，甚至嘟嘟哝哝地，抓起她的手指头来用力吮吸。她夜梦很多。有时候会梦见朋霍费尔，被他揽在怀中，直直向上的尖长耳朵，全蓝的圆睁的眼睛，使得它保持住一副惊奇的表情，相较于雪白细滑的长毛和秀丽的尖脸，他更喜爱它这副惊奇的表情，好像时刻对世界有所发现。还有的时候，她梦见自己坐在飞机上，看到绵延的山向着一条河倾倒下去，流水被压扁，渐渐停驻在河道里，不动了。

第二天，周素格请钟点阿姨在家里多待了两个钟头，她独自一人来到公园，认识了一种叫蓝花楹的树。

"我出门有紧急的事情要办。"周素格眼巴巴地看着钟点阿姨。

钟点阿姨在家里做了三年，名字她总记不住，只记得是姓张。试用的那次，张阿姨做完清洁，和扫帚拖布一起并立在房间一角，喊准雇主出来检查。当着人家的面，周素格只随意扫了一眼，点头说好。等阿姨走了，她才蹲下去，伸长胳膊往电视柜里头摸，摸到最里面，看不到的地方，还是湿乎乎的，擦过了。谢天谢地，她在心里叫道。她俩年纪应该差不多，但周素格一直叫她阿姨。

阿姨说："你怎么又要出去办事？是上个月还是上上个月，不是办过了吗？"

"哪能是一桩事呀。你不用干活，就坐在沙发上看电视。咖啡，茶，想喝什么就喝什么。水果，鸡蛋卷，核桃酥，饿了就吃。"

"你出去多久？"

"三四个小时吧！"

"是三个还是四个？"

"四个。"

"那不行，待四个钟头就六点多了，我还要赶回家做晚饭，我男人——"

"这次酬劳加倍。是急事，阿姨，你当帮我个忙吧。"

张阿姨用百洁布猛搓几下人造石台面，抬起头来说："去吧，你去吧。"

为了节省时间，周素格选择乘坐地铁，转一条线再坐三站，就是博物馆了。

几天前的傍晚，潦草的饭菜又被端到油腻的茶几上，她招呼他过来吃饭。两人一边看电视，一边把食物塞进嘴里。就是填饱肚子而已，他们已很久没有坐在餐桌前，好好吃一顿晚饭了。

本地新闻依旧是高空坠物、涵洞抢劫、孩童出走，节目快结束时才播报了一条文化新闻，她听着听着，猛地抬起头来，盯住了电视画面。屏幕里像透出一道光，另一个世界的新异的光，一下子照亮了接下来暗淡的一日。她站起来在屋里走来走去，越想越兴奋。兰森，她脱口叫出了他的名字。

随即，她意识到了什么，脚步放慢了。暮色在这一刻步入房间，她沉默地坐下来，夕照的光犹疑无力地浮动，屋里明明暗暗，抖颤着，悬垂在白日的边缘，不知道什么时候，黄昏转了个身，不见了。天黑了下来。

夜里她睡不着，照例是精骛八极心游万仞，头脑变得机敏异常。石器时代文物特展，石器时代，石器时代，她在心里默念着这四个字。她已经五十多岁了，却突然想到该去博物馆看看了，突然对石器时代的人怎么生活发生了兴趣。她也想跟他说说，像以前那样，无论多么复杂幽微的感受，也无论这复杂幽微是用多么破碎的语言表述出来的，彼此总是会意，不住地点头，并用欣赏的眼神看着对方。现在，她的高兴或悲伤，都没法邀请他品鉴了。

到底该怎样摆脱他呢？无数个想法像透明的汽水泡成串地升腾。第二天一大早，她下定决心，实施海德格尔行动。当然，上午一定要对他和善些，要忍住脾气少训斥他。她打算吃过午饭就取出木椅子和粗麻绳，捆住她的丈夫，确保他待在家里不会乱动煤气，也不会跑出去走丢了。她将拥有完整的一下午时间，想着想着，她就笑出声来了。

午饭是精心烹制的，红烧排骨，小白菜炒豆皮，西葫芦鸡蛋饼，海带汤，一一端上餐桌。吃饭的时候，因为知道海德格尔行动已矢在弦上，她对他就格外耐心，一脸笑模样，往他碗里夹排骨，轻声细语地让他多吃。落地镜映出餐桌和餐桌旁的两个人，她瞥了一眼，见镜中的自己正在微笑，只觉得别扭，镜中笑容蓦地消失了。她夹起几条豆皮，掉了一条，又瞥一眼镜子，心里有点发毛，怎么越来越不认识自己了，越来越拿不准自己了。说不清楚，真说不清楚。

他好像知道她是谁，眼神里没有茫茫的不安。她收拾碗筷时，他突然拉住她的胳膊，让她坐下。

她只好坐下，他慢慢从裤兜里掏出来一个什么东西，放在她手心里，郑重地压了压。她低头一看，竟然是一张皱巴巴的五十元钞票。

丈夫脸上带着讨好的笑，像献宝一样，给了她五十块钱。她想起了自己的母亲，母亲去世前的几年已不能走路，隔一阵子，歪在床上的母亲就跟犯了错一样地往外掏钱，她又急又气不知道该说什么好，母亲就讪讪地，把钱重新放回到枕头下面。

她把钱塞回到他手里，说：“你是不是害怕什么？害怕我不管你？钱你自己收着吧。”

他说：“给你的。”

她小心翼翼地问他：“给我的，你知道我是谁吧？”他低下头，攥紧了钱。

她叹了口气，说：“我是周素格，你爱人周素格。你叫乔兰森，科大的哲学老师。咱家还养过一只猫，白色的安哥拉猫，你起的名字，朋霍费尔。”

他认真听着，过了一会儿，他说：“知道，都知道。”

周素格心里已然后悔，怎么又提起朋霍费尔了，万一他像上次那样拉着她到处找猫怎么办？她记得他遍寻不获的失魂样子。再度提起朋霍费尔，她心里是咯噔一下的，她忽然觉得有点不对劲，朋霍费尔是一只年届中年的猫，身手还算敏捷，经常上上下下地攀爬，五楼也不算高，它怎会落得如此下场呢？

无论如何，她都知道，博物馆是去不成了。一天天等着盼着，终于到了保洁日，她抓住钟点工来家里做清洁的机会，独自一人来到市博物馆。

一步就跨进了三百万年前。这里是另一个世界了，离她的生活足够遥远。她从没像现在这样渴望遁世，一瞥见几个中老年妇女在屏幕里晃动，她就烦躁不安，她对所有的时装电视剧都过敏。

第一眼看到石核、石球、刮削器，她呆住了。跟精巧无缘，但也绝不粗陋，她观察着小小的石球，一侧是毛糙的岩石粒，一侧光滑。它起起落落，砸开过多少颗坚硬的果实，她想象着那个场景。刮削器更让她惊叹，那磨过的一溜薄石片边儿，那一点非天然的弧度，现在这样看着，既叫人心生谦卑，又不禁后怕，那惊心动魄的一磨，到底是怎么发生的，要是没有那道灵光闪过，此刻我又在哪里？

旁边的展柜陈列着蚌饰和牙饰。她仔细一看年代，石球和蚌饰，竟然相距了两百万年，现在，它们只隔了一面玻璃。

她来到展厅中间的独立展柜前，里头是一块赭色的化石，它曾经是一只披毛犀的头骨。化石后面的背板上贴着披毛犀的复原图，还有一小段文字介绍。披毛犀是独来独往的猛兽，体长约四米，鼻上一根长角，长毛垂地，皮厚得像装甲。

石镞，陶鼎，纺轮，玉琮，每一样她都看入了迷。最让她心动的是一支骨笛，用鹤的骨头制成的笛子，笛子的一头已有些残破。她久久地盯着这根被制成笛子的鹤骨，鹤骨娉婷，担在两块肥圆的石头上。笛声如一缕轻烟从笛孔里飘出来，淡青色的烟，淡青色的笛声，升到穹顶处，顿了下，散开了。她的身体猛然一抖，灵魂归窍。

展厅里渐渐暗下来。最后，她重新回到披毛犀的化石前，她把手放在玻璃上，轻轻摩挲着。她真想骑着这头长毛垂地的猛兽，穿过一片空阔的草原，进入密林深处。

走出博物馆时，傍晚的光线，像一声声叹息，拉得长长地落在红砖地面上。

在地铁上，她看到一个小女孩，嘴贴住芭比娃娃的耳朵说着什么，女孩不时地觑看父亲，警惕，防备。周素格暗自揣度着女孩的心思，觉得很有趣。父女俩下车后，她也快到站了，蓦地，想起家里的他来。

他会不会也需要一个人独自待一会儿呢？就像小女孩偷偷跟芭比娃娃说话，其实并不想被大人听到。她胸口一热，是悲哀涌上来了，微微的灼烧感。他出神想事儿的时候，她总是在他身边走来走去，就算他真需要一个人待着，她也绝不敢再给他独处的机会。

她在小区门口就见到了张阿姨，张阿姨手里攥着个布兜，焦急地站在门口张望。一看见雇主，她就快步迎上去，说："你可回来了，以后我可不给你看家了。你家老乔总问我是谁，告诉他了也没用，五分钟一问，他还，他还，你快上去看看吧。"张阿姨一脸上当受骗的表情。

周素格问："你出来多久了？他跌倒了？"张阿姨说："不是，你自己上去看吧。"

她没再多问，一路小跑上去，慌慌张张地把钥匙捅进锁眼，推门一看，他坐在沙发上，坐的位置跟她出门时一样。没有摔伤，不是脑溢血，这场景远没有她想象得那么可怕，她暗自舒了一口气。再走近看，她啊了一声，知道张阿姨为什么忸忸怩怩了。原来他尿下了，尿液顺着沙发淌，淌到地板上，汪着一摊。

她皱皱眉头，埋怨道："你傻啊，怎么不去卫生间呢？"

他气鼓鼓地看着她。沉了一会儿，他抬起手来指着她骂，第一句叫骂甚是响亮，接下来的几句却断续低弱，莫名地泄了气，很快没了声息。

她继续说："你会用马桶呀，你不会连这个都忘了吧？"

她看到他半闭上眼睛，两只手掌放在大腿根处缓缓收拢成拳头。坏了，他开始运气了，他已经在运气了。她心里暗暗叫苦，根据以往经验，他这是在酝酿下一波疯闹。她说："不要，不要，求求你乔兰森，你千万别闹。"

忽地急中生智，她大叫一声，先于他躺倒在地下，开始翻滚。她抢占了客厅中心的空地，一边翻滚，一边念念有词。她辨认不出自己到底在念诵什么，形势所迫不及深思，任由喉咙里滑出念咒般富有紧迫感的一串叠声词。

她翻滚之余，密切观察着他的表情，果然奏效，他痴傻地张着嘴，木偶一般，已不是蓄势大闹的模样。她这才感觉到地板硌得肋骨疼，又不敢马上停下来，她的气息逐渐变粗，滚动得也越来越慢，终至于仰面瘫软在地板上。

完全虚脱了，身子一直往下掉，往下掉，掉了半天，掉进一大片棉花般暄和的黑暗里，睡意袭来，但没有就此睡去，地板，沙发，他，都处在紧急状态中等她前去解救，理性悄然滋长逐渐主宰了她的世界。她不是真傻了，真什么都不知道了，翻滚完明确了这一点，第一个感觉是想哭。此刻滑畅地通往了彼刻，她看到自己站在讲台上讲庄周梦蝶的故事，初中语文课本里唯一的哲学寓言，讲过很多遍，从来不动情，直到现在，她才体会到那种深切的悲哀和无力，庄周与蝴蝶必有界限，庄周醒来后的第一个感觉，会不会也是想哭呢？

她侧过身子，鼻尖几乎贴上了茶几旁的书报架。她略支起身体，从书报架上拿出一本书，翻开来找扉页上的一段话。不用找，其实这段话她早就背过了：林乃树林的古名。林中有路。这些路多半突然断绝在杳无人迹处。大概是一年前吧，阿姨清洁书报架，她见抹布拧得不干就先把书拿下来，摞在沙发上，她偶然翻开一本书读到了这句话，愣怔了半天，心里有股说不出的惆怅。架上的书都是他曾经频繁取阅的，尼采的《论道德的谱系》，福柯的《疯癫与文明》，这些让她畏惧的书如今他也看不成了，但她始终没有把书收走，就陈列在架子上，常不等阿姨动手她自己就会细细掸去书上的薄尘，她幻想着，说不定哪天早晨醒来，就又见到他拿着铅笔在书上写写画画呢。

总算调匀了呼吸，她站起身来，挨着他坐下，轻声说：“屁股沏得难受吧，走，换条干净裤子去。”

他神情呆滞，没理睬她。她看看窗外，自言自语道，那我先来拖地吧。

她先用报纸把尿吸了吸，吸得差不多了，就去阳台上接了半桶水，一手提着水桶一手拿着拖把走进屋。他抬起脚来，她赶紧来回拖，然后涮拖把，换一次水，再拖两遍。

她使劲儿闻闻确实没什么味道了，便直起腰来，走上阳台归置拖把。放好拖把，她反手扶住身体站了一会儿，看到对面的楼上，灯一家一家地亮了，一群麻雀像树叶一样从半空中落下来。

以前，周末的时候，乔兰森喜欢坐在阳台的藤椅上跟学生聊哲学，他说话不紧不慢，很随意地引述原典，一派闲逸迷人的风度。恩培多克勒，休谟，老子，陆象山，维特根斯坦，人，独立，道德，自由，辩证法，绝对精神，全是高级话题。她在屋里准备茶水和糕点，听到这些宏大高深的词就摇头咧嘴。现在，她忽然能理解了，这些词一点儿都不大不深，对尘世生活来说，也一点儿都不隔。到底要不要把自己的丈夫绑起来？这也是一个哲学问题。

她记得很多美妙的瞬间。那会儿，他才四十岁出头，圆寸发型很精神，身材又瘦高，站起来在阳台上踱步时，一步一步，像风吹动起铜管风铃，连脚步声都是清脆的。即使当着学生的面，她看他的眼神里也掩藏不住爱意。他的爱徒是一个从西北来深圳读研的男孩，他们共同爱好着哲学和围棋，两样都是测试智商的东西。别的学生谈谈天就走了，西北男孩会留下来吃晚饭，再陪他下盘棋。她始终记得，丈夫食指在下、中指在上拈起一颗棋子的模样，还有棋子落在楠木棋盘上的声音，玎玲落子的一瞬，忽然生出寂静来。让她想起，半夜下起绵绵小雨时天地间的空明寂然，半夜醒来，听到雨声，只觉得寂静，听着听着又睡着了，睡得很沉很沉，再醒来时，心里全是满足。

他在屋里喊了一句，她听不清，先混答应着。转身进屋时，她又想起了博物馆里的披毛犀化石。她遐想着自己的结局：骑一头披毛犀，无声无息地，从五楼阳台走上天空，消失在淡金色的天边。

看着饭菜，周素格有些心虚，切成粗条的黄瓜码在盘中，木耳炒鸡蛋，六个脆皮肠，虽然脆皮肠仿照《深夜食堂》的做法，颇为花巧地煎成章鱼须的形状，但明眼人一看就知，这是一顿风格敷衍、只图省事的饭。她盼着能把这顿饭蒙混过去。他对菜肴的鉴赏力时高时低，有时什么都不挑，有时却是老辣的评鉴家，三言两语正中要害。

他嚼了一口脆皮肠，她感觉空气很紧张，像一面鼓，绷得紧紧的。

他说："没有肉，吃不饱啊。"她说："脆皮肠不是肉呀？"他说："要炒的荤菜，荤菜。"

她翻翻眼睛，说："吃吧。"她知道他想吃炒的猪肉片，青椒炒蘑菇炒土豆炒都可以，如果他还是他，她多想对他尽情宣泄她对生猪肉的痛恨，她再也不想切生猪肉了，死去多时的肉，冰凉，滑腻，淡淡的腥气，会让人生出细小而具体的绝望感。

他又说："菜太少了。"她说："三个菜呢。"他说："炒鸡蛋不能算一个菜。"

她很想闭着眼大叫，发脾气，话冲到嘴边却觉得没意思，吵架也要势均力敌才痛快，他理解力和反应力都跟不上了，哪里吵得起来。她只能生闷气，挑衅地问自己，人为什么每顿饭都必吃？她总是被自己到点就来的动物般的饥饿感羞辱到。他肯定不知道，这两年，一日三餐带给她多大困扰，她把冰箱冷冻室里塞满各种半成品食物、速冻包子饺子，以便特别不想做饭时应个急，她也叫过一阵儿快餐，吃快餐竟吃得轻微厌世，又承受不了经常出去吃大餐的罪恶感，一看信用卡账单，钱基本都吃了，一顿饭连着一顿饭，难以置信，心如刀割，最可恨还吃胖了，接下来就开始处处俭省。为了省钱，也为口味计，她盘算好一周吃什么菜，带着他，拉着折叠车，跑农批市场。

说起来，她也算个热衷于家事的女人，兴头上跑几个超市买材料就为做一道程序烦琐的新菜。但现在大部分时候，她提不起兴致来，日子一天一天失去了柔韧性，心绪没来由就是恶劣无比。她听到了日子发出的声音，规律得让人听久了会发狂的声音。如果是她一个人，她更愿意将就，饿就饿，不严格按照饭时吃，而且，用馒头夹着咸鸭蛋豆腐乳也可以是一顿饭。幸好还有桂格麦片，用水泡泡，早晨就不用开火了。她煞有介事地说，高纤维，降低胆固醇，健康食品，糊弄着他喝一碗。她暗暗感激着麦片罐子上的那个老头，他看起来真亲切，红润的好气色，微卷的银发在脸侧蓬蓬着。

虽然他指责这一桌“不算菜”，但这顿饭吃得还算顺利。她在心里默默感谢着各路神仙，并随即生出奇妙的预感，晚上的演唱会，她能成行。

一进门，张阿姨就强调，我是来打扫卫生的，半个月一次，合同上写得很清楚。

周素格心里一凉，本来还想诱之以利，看阿姨的样子，是早有防备的坚决。

她只好说：“我那不是有事要办吗，不然不会麻烦你的。”

阿姨眨着眼睛，说：“办什么事？神神秘秘的。办事也可以带上他呀，他又不是小孩，也不会拖累你。”

她也眨着眼睛，一字一顿地说：“就是不方便。”

阿姨没往下争辩，说：“我在你家做了三年，也没见过你家的孩子，让孩子周末回来，你不就能出去，能出去办事了吗？”

她说：“孩子在加拿大，做飞机维修工程师。”

阿姨拖着长音儿，“哦”了一声，说：“孩子嘛，孩子嘛。”

周素格想起，每次电话里亲耳听着儿子说话，也还是觉得那么远漠，儿子的呼吸声很粗重，他生活在一个严寒的、空气稀薄的地方。她越想越觉得黯然，真想摸起电话来，对儿子说，你回来吧，不指望你什么，就回来住上几天。

她到底没有摸起电话，而是摸起遥控器打开了电视。

阿姨俯低身子擦踢脚线，嘴里还跟她闲扯着，问她护工请到第几个死心的，她说：“请过两个就断了心思。”阿姨又问：“老乔认家吗？”她说：“搁板上的小物件该擦擦了。”

阿姨不再说话，默默地干完客厅的活计，进了厨房。

周素格偷偷看了他一眼，他在家里呢，好好地坐着呢。她时常会吓出一身冷汗，他明明就在身边，她却担心他终有一日会失踪，在一个她不可能找到的地方流浪。

阿姨在厨房里喊：“周老师，你过来检查检查，行了吗？”

阿姨叫她进去看，多半是这次做得彻底想展示保洁的成果，烟机锃亮，锅具焕然如新，连盛放香料的玻璃瓶都挨个擦了一遍。她在客厅里说："肯定行，不看了。"

送走了阿姨，周素格准备陪着丈夫，在回放里一集一集地找《天天饮食》看，看烦了就换成《西游记》。感谢电视，要是没有电视这几年她真不知道该怎么熬过来。谁知他说不看，没什么好看的。

她说："要不，就睡会儿觉去？"他茫然地摇摇头，说："我想做个木匠。"

起病后，他说话就没头没脑地，但今天这句话还是让她愣住了。木匠？草青草黄做了三十年夫妻，她还是第一次听他说起，他想做个木匠。

她说："不对，你是学哲学的，你从小就喜欢哲学。"

他说："我从小就喜欢做木工。"

她看着丈夫，此刻的他，是裸露的，诚实的。借由脑部的萎缩退化，他再度成为十几岁的少年，那段幽密的记忆突然开始放光，纤毫毕现。

她点点头："我知道了，知道了，原来你是想做个木匠。"

她看看表，已经五点多了。这些天，她的脑海里，总是时不时地浮现出公园花墙下的画面。老太太们把哭闹的孩子抱在怀里，"噢噢"地哄着，声音里有一种不过脑子的机械感，表情是老猫般的漠然，还有一丝属于人的被理性管理着的情绪，管理后剩下的，至多算是无奈了。她们跟她一样，服着天地间古老而平凡的役，平淡无奇的劳累，理当如此的安排，没人觉得这其中有何难以忍受之处，更不会察觉到她们可能正身处绝境。她们活了这么久，铁做的一样，哪还有什么细致幽邃的感情呢。

她从来不敢细细地算，沦在这样的生活里，得有一千天了吧，还是更久？

她说："兰森，我等着给你买点做木工活的材料，眼下，我也——"她犹豫着，到底要不要说出口。他一次次地回到过去并停驻在某个特定的场景中，他并不真正在这个房间里。

不管他是不是真正在房间里，能不能听明白，她还是说了。"眼下，我也有自己想做的事，我想一个人出去待一待，放个假，放几个小时的假，你能听懂吧？"

乔兰森点点头，他说："马颊河的木匠最好。"

演唱会八点开始，她第一次看演唱会不熟悉情况，想着还是早去为好。她从暗格里取出麻绳，捋几圈挂在胳膊上，又搬出木椅子，跟沙发并排放好，确保椅子跟电视机之间的距离合适。

他看到崭新的木椅子，很欢快地坐上去。她赶紧抻着麻绳，把他拦在椅子上，先系上一道。接着捆胳膊，木椅子棱多，很容易穿梭打结，最后是绑住两只脚踝。打结的扣是死扣，但绳子绑得松，怕勒疼了他。

熟练，迅捷，闪电行动。她半张着嘴，脑子里一片空白。所有的动作似乎都带着肌肉的记忆，所有的动作无须大脑参与，自己完成了自己。

看着她忙活，他一直笑，说："你先绑我，一会儿我还要绑你。什么时候换？"

乔兰森终于被她绑在了椅子上。海德格尔行动，筹谋多时，大功告成。

她低声说："我寸步不离地看护你，时刻提着心，在超市里买袋盐也担心，往购物车里放完东西，一回身你已经不见了。

"我真的受不了，受不了了，让我先做下，再找个小房间告解吧。"

她拿起皮包，检查了一下演唱会门票。挎上包，换鞋，开门，她听见他的声音从身后传过来："你要走？"

她说："我出去一下。"他继续问："去哪里？"她背对着他，说："你看电视吧，《猫和老鼠》。"

她迅速关上门，乘电梯来到楼下。经过天井时，她的步子慢了下来。她控制不住地想象家里的画面。也许，乔兰森正低着头，身子往前挣，想从木椅子上挣脱出来。就算他从麻绳里挣脱出来又如何，他被幽闭在一个奇怪的地方，脸上是智识诡异消失的蠢样子，不能思考，不能独立完成任何一件小事，经历过的往事也逐片剥离，弃他而去。

她猛然睁开眼睛，白猫侵入她的行程，这次白猫出现的方式跟以往不同，它不是被抱在怀中的，也没有躺在地上的光斑里。白猫朋霍费尔从五楼纵身一跳，摔死在小区的天井内。这幅画面如此真切，就像她亲眼看到过一样，画面里，白猫没有回头，一跃而下。

上楼，打开防盗门，冲进客厅，站在椅子前面。她惶惑地站着，根本不知道自己怎么会出现在家里。他笑了，说："这么快就回来了？"

她愣了一下，忽然想到什么似的。她回答道："好玩吧？今天就到这里，先不玩了，晚上我带你去看演唱会。"

她俯下身子先解他脚踝的绳扣，解了一会儿，麻绳磨得手指热热地疼。她从茶几抽屉里扒拉出剪刀，冲着绳子剪下去，剪刀刚一接触到绳子，她突然停住，放下了剪刀。

她坐在地板上，把牙和指甲都用上了才把绳扣一个个解开来，解完呼哧呼哧喘了半天气。休整片刻，她捡起地上的绳子，团起来，放回到储藏间的暗格里。

在体育场前的广场上，周素格把手里的票贱卖给黄牛，又从同一个黄牛手里买到两张奇贵的连号票。她牵住乔兰森的手，两人一起安检、进场、找座位。

钴蓝色的光笼罩舞台，拱形金属灯光架在夜色中发酵出浓浓的科幻感。体育场上方敞着口，露出一块椭圆的天，月亮靠过来，倚在树枝般的钢架旁，越发温软了。舞台上表演的是一个外国乐队，她听不懂唱词，但她明白了一点，在演唱会上，亲吻是一件容易的事。大屏幕不断闪现着情侣亲吻的镜头，那么自然，那么动人。主唱忘情，观众也就忘情，蹦跳，拥抱，喊叫，欢呼声涌潮般赶着，赶着赶着就从开口处飞升上夜空。她伸手搂着身边的人，云遮住了眉月，夜色渐深，恍然间，她有点怀疑了，是他吗，你把他放出来了吗？

主唱的声音不是从低到高慢慢攀升的，而是突然炸响，带着暴烈的毁灭感直达顶点，并不破不裂地停留在那里，高亮而宽广。她感觉自己被声音托起，在空中悠悠荡荡。此后的几天里，这种感觉始终不曾消失。

她记得她亲吻了丈夫，她记得亲吻时，半是沉醉半是痛楚地闭上了眼睛，那一刻，万人体育场空旷无比，仿佛就剩下她一个人了。

图书在版编目（CIP）数据

星辰书 / 蔡东著. — 北京 : 北京十月文艺出版社，
2019.8

ISBN 978-7-5302-1915-7

Ⅰ. ①星… Ⅱ. ①蔡… Ⅲ. ①中篇小说—小说集—中
国—当代②短篇小说—小说集—中国—当代 Ⅳ.
① I247.7

中国版本图书馆 CIP 数据核字（2019）第 020521 号

星辰书
XINGCHEN SHU
蔡东 著

出　　版　北京出版集团公司
　　　　　北京十月文艺出版社
地　　址　北京北三环中路 6 号
邮　　编　100120
网　　址　www.bph.com.cn
发　　行　新经典发行有限公司
　　　　　电话（010）68423599
经　　销　新华书店
印　　刷　北京盛通印刷股份有限公司
版　　次　2019 年 8 月第 1 版
　　　　　2019 年 8 月第 1 次印刷
开　　本　880 毫米 ×1230 毫米 1/32
印　　张　9.375
字　　数　167 千字
书　　号　ISBN 978-7-5302-1915-7
定　　价　46.00 元
质量监督电话　010-58572393
如有印装质量问题，由本社负责调换。